# WENN

## DU MICH

# FINDEST

Ein Roman von Freya Miles

Booklover Verlag
Nadine Kapp, Gottesweg 30, 50969 Köln
Cover: © Fotolia
Umschlaggestaltung: Booklover Coverdesign

Kontakt: info@booklover-verlag.de



www.booklover-verlag.de

„Wer den anderen liebt, lässt ihn gelten, so wie er ist, wie er gewesen ist und wie er sein wird."

(Michel Quoist)

# PROLOG

Ihre Fingernägel krallten sich in die Haut ihres Vaters und doch war der Schmerz in seinem Gesicht verdeckt von blankem Entsetzen.
Das wimmernde Weinen ihrer Mutter war kaum zu hören über das Knacken und Knarren der Holzbalken im Feuer. Zu dritt standen sie dort auf dem großen Feld, das erhellt war von diesem unverkennbaren Farbton des Feuers. Sie trugen nichts am Körper als ihre Nachtwäsche und doch konnten sie die Kälte nicht spüren. Hilflos sahen sie dabei zu, wie das Feuer auf die große Scheune übergriff. Sie versuchten nicht mehr, etwas zu retten. Es war zu spät. Das, was sie ihr Zuhause genannt hatten, ihre gesamte Existenz, alles war verloren.

Theresa merkte nicht, dass sie auf die Knie sank. Das

alles hier war ihre Schuld. Hätte sie IHN niemals kennengelernt, hätte sie IHN niemals mit nach Hause gebracht, hätte sie IHN niemals geliebt, dann wäre ihr Leben nun nicht zerstört. Sie würde nicht bleiben können, hier an diesem Ort, an dem es ihr Zuhause nun nicht mehr gab.

ER hatte ihnen alles genommen und nun würde ER ihr auch noch das Wichtigste in ihrem Leben nehmen: ihre Familie.

„Das Wichtigste im Leben finden wir nicht etwa durch intensive Suche, sondern so, wie man etwa eine Muschel am Strand findet. Im Grunde findet es uns."

(Jochen Mariss)

# KAPITEL 1

3 Monate später

Theresa sah an dem fünfzehnstöckigen Gebäude empor, fasziniert und erschrocken zugleich. Sie war auf dem Land aufgewachsen, hatte niemals große Reisen unternommen, nie diese andere Welt gesehen oder kennengelernt.
Direkt nach dem Feuer war sie nach New York gegangen, war geflüchtet in die Anonymität dieser großen Stadt. Noch immer fand sie sich kaum zurecht, vermisste jegliche Orientierung, jegliche Art der Kommunikation mit anderen Menschen. Sie kannte hier niemanden, hatte keine Freunde oder Verwandten.

Seit drei Monaten hatte sie lediglich sonntags am

Telefon mit ihren Eltern gesprochen. Bis auf die Verhandlungen mit ihrem Vermieter, der eine unerträglich hohe Summe für die kleine Bleibe verlangte, die sie nun ihr Zuhause nannte, war kaum ein Wort zu einem anderen Menschen über ihre Lippen gekommen.

Jetzt, drei Monate nachdem sie von dem Ort, der einst ihre Heimat war, weggehen musste, waren all ihre finanziellen Reserven aufgebraucht. Sie hatte versucht, einen Job zu finden, aber in dieser Stadt mit so unendlich vielen Menschen, war sie stets zu spät gewesen.
Der Job bei 'PT Chandler Modern Communications' war ihre letzte Anlaufstelle für den heutigen Tag. Nur durch Zufall hatte sie auf der Straße zwei Frauen über den Job sprechen hören. Sie hatte daraufhin in einer Zeitung am Kiosk nachgeschlagen. Es waren dort mehrere Stellen ausgeschrieben, unter anderem eine Stelle als Postverteilerin.

Theresa hatte nie studiert, sondern direkt nach der Schule auf dem Hof ihrer Eltern mitgearbeitet. Wie sehr sie davon ausgegangen war, dass sie diese Farm bis zum Ende ihres Lebens führen würde, wie anders das Leben es mit ihr gemeint hatte.

Die Eingangshalle ließ Theresa innehalten. Sie fühlte

sich wie eine kleine Ameise inmitten eines Waldes. Vollkommen verloren und orientierungslos folgte sie den Menschen zu den Aufzügen, betrachtete den üppigen Marmor und die adrett gekleideten Menschen, die allesamt aussahen, als seien sie einer Werbung entsprungen.

Theresa vergrub die Hände in ihrem Trenchcoat, peinlich berührt von ihrem eigenen Erscheinungsbild. Es herrschte ein reges Kommen und Gehen in dem Aufzug und erst jetzt wurde Theresa bewusst, dass sie keine Ahnung hatte, wohin sie eigentlich gehen musste. Wieso war in dieser Stadt auch alles so kompliziert? Sie würde wieder nach unten in diese üppige Halle fahren müssen, um sich dort nach der richtigen Etage zu erkundigen. Genau genommen hätte sie bestimmt auch jemanden in dem Fahrstuhl fragen können, doch das war ihr zu peinlich. Sie wollte diese gutgekleideten und gut gebildeten Menschen nicht stören.

Die Fahrstuhltüren öffneten sich erneut und die letzte Gruppe verließ angeregt diskutierend den Fahrstuhl, so dass sie sich nun endlich vorwagte, um die 0 zu drücken.

Der Fahrstuhl setzte sich erneut in Bewegung, fuhr allerdings weiter nach oben und nicht, so wie Theresa angenommen hatte, nach unten in die Empfangshalle.

Beim nächsten Öffnen der Türen sah sich Theresa einem Mann mit hochrotem Kopf gegenüberstehen. Er war etwas älter und seine Gesichtsfarbe ließ darauf schließen, dass er sich gerade unglaublich über etwas aufgeregt hatte.
„Würden Sie wohl die Güte haben und den Fahrstuhl freimachen, verdammt noch mal!“, maulte er Theresa an, die ihre Augen weitete.
„Aber ich wollte nach unten fahren“, sagte sie und ihre eigene Stimme erschien ihr so fremd, so leise, so zaghaft. Ein Schatten von dem, was sie in Erinnerung hatte.
„Dann nehmen Sie sich halt einen anderen Fahrstuhl und jetzt raus da!“ Der Tonfall des Mannes ließ keinen Spielraum für irgendwelche Widerworte.
„Und du denkst, dass wir die Diskussion so beenden sollen, ja?“, erklang eine andere, ebenfalls laute Stimme. Theresa, die gerade aus dem Fahrstuhl stieg, sah empor und blickte am anderen Ende des offenen Ganges in strahlend blaue Augen, die allerdings durch sie hindurch zu blicken schienen. Instinktiv trat Theresa einen Schritt zur Seite, um den Blick zwischen den beiden Männern freizumachen.

„Natürlich ist die Diskussion beendet. Du wirst tun, was ich dir sage!“, erwiderte der ältere Mann. Theresa konnte unschwer die Ähnlichkeit zwischen den beiden erkennen, obwohl es für sie kaum vorstellbar war, dass der ältere Mann einmal so attraktiv ausgesehen haben sollte wie sein jüngeres Ebenbild.

Theresa sah noch immer in diese blauen Augen, die sie nicht wahrnahmen. Sie konnte sehen, dass die Worte des Älteren ihn verletzt hatten.

„Also sind wir wieder an dem Punkt, ja? Ich dachte, wir hätten Fortschritte gemacht!“

„Ich habe jetzt keine Zeit, mich mit diesem Kram zu beschäftigen. Du weißt, was ich von dir erwarte, und somit weißt du auch, was zu tun ist. Jetzt belästige mich nicht länger mit deinen Ideen und fang an zu arbeiten!“

Der autoritäre Ton des älteren Mannes sorgte für eine Gänsehaut bei Theresa. Sie war es nicht gewohnt, dass Menschen so miteinander sprachen.

„Ja, Sir!“ In der Antwort schwang unmissverständliche Ironie mit. Theresa erhaschte einen Blick auf eine gut gekleidete Dame, die sich schnell vor der Konversation in Sicherheit zu bringen versuchte. Zumindest machte sie auf Theresa diesen Eindruck. Die Aufzugtüren schlossen sich und ihr Blick lag noch immer auf dem markanten und gut aussehenden Gesicht des Mannes vor ihr. Sein Anzug saß makellos, alles an ihm war makellos, alles bis auf den verletzten und wütenden Gesichtsausdruck. Theresa schnappte nach Luft, als die Augen sie plötzlich trafen. Sie konnte spüren, wie ihr die Röte ins Gesicht stieg. Er hatte sie eindeutig dabei ertappt, wie sie ihn anstarrte.

„Und was suchen Sie hier?“, fragte er unhöflich.
„Einen Job, also, zunächst muss ich die Etage finden und dann sehen wir weiter“, stammelte Theresa und drehte sich zum Fahrstuhl um.

„Ich denke, Sie haben die Etage gefunden. Kommen Sie für den Job als Assistentin?“ Theresa drehte sich wieder herum und merkte, wie seine Augen sie musterten. Sie war vollkommen deplatziert hier, in ihren alten und abgewetzten Sachen. Seit dem Feuer besaß sie nicht mehr viel.

Ihre Jeanshose hatte bereits Löcher und doch schien das hier in der Stadt eher angesagt, als abgewrackt zu sein. Ihre Schuhe waren dreckig, doch hier nannte man das „used“, und ihr grauer Pullover lag versteckt unter ihrem viel zu großen grünen Trenchcoat.

„Nein. Der Job als Postverteilerin“, erwiderte Theresa und musste ihre Tränen zurückhalten, so entblößt und dumm fühlte sie sich.
„Entschuldigen Sie, ich wollte Sie nicht so angehen.“ Die Stimme des Mannes klang nun sanfter und als Theresa wieder aufblickte, musste sie feststellen, dass er ein ganzes Stück näher gekommen war.

„Ich bin John Chandler“, sagte er und streckte ihr seine perfekt gepflegte Hand entgegen.
Chandler. PT Chandler Modern Communications. Die Puzzleteile in Theresas Kopf fügten sich schnell

aneinander.

Wunderbar. Dann musste der nette Mensch vorhin wahrscheinlich PT Chandler gewesen sein. Und sie stand nun wie ein Trottel hier, in der Chefetage des pompösen Hochhauses, mit dem gut aussehenden Juniorchef persönlich. Der Job war dann also ebenfalls Geschichte. Theresa überlegte, sich direkt herumzudrehen und davonzulaufen, und doch richtete sie ihre Schultern auf, bevor sie seine Hand schüttelte. Sie war einmal eine selbstbewusste, fröhliche und lebensfrohe junge Frau gewesen, irgendetwas davon musste doch noch irgendwo in ihr stecken.

„Theresa Harding", entgegnete Theresa mit fester Stimme.

„Also, was hatten Sie gesagt, für welchen Job interessieren Sie sich?"

„Postverteilerin."

„Eine Sekunde bitte. Emily?", rief John und drehte sich dabei von ihr weg. Die andere Frau, die sich zuvor in Sicherheit gebracht hatte, kam den Flur wieder entlang und blickte die beiden an. „Mister Chandler."

„Diese Dame hier interessiert sich für den Job der Postverteilerin."

„Es tut mir leid, Mister Chandler, wir haben alle Jobs bereits vergeben. Einzig der Posten Ihrer neuen persönlichen Assistentin wartet noch auf Ihre Zustimmung."

„Vielen Dank, Emily.“

John drehte sich wieder zu Theresa herum und konnte die Enttäuschung im Blick der jungen Frau sehen. Sie wirkte verschüchtert und verzweifelt und es war ihm durchaus unangenehm, wie ihr erster Eindruck von PT Chandler Modern Communications verlaufen sein musste.
„Kommen Sie doch kurz mit in mein Büro“, hörte er sich sagen und war verwundert über seine Worte. Was sollte er diesem kleinen, unsicheren Ding schon in dieser Firma anbieten?

„In Ihr Büro?“ Theresas Überraschung war unverhohlen.
„Bitte. Hier entlang“, erwiderte John und gestikulierte mit seiner Hand den Flur hinunter.

Die Etage war strategisch gut aufgeteilt. Von den Aufzügen aus gab es einen langen, offenen Gang. Direkt bei den Aufzügen war Emilys Schreibtisch, die dafür zuständig war, die Besucher zu empfangen und ihr Anliegen zu klären. Nicht jeder bekam einfach Zutritt zur Chefetage. Ein paar Meter weiter den Gang entlang gab es eine Gabelung. Zur linken Seite lag das Büro des Seniorchefs, zur rechten Seite Johns Büro.

Beide waren raumtechnisch größtmöglich voneinander getrennt. Im Trakt dazwischen befanden sich zwei große Konferenzräume, so dass sowohl Junior- wie auch Seniorchef zeitgleich ihre Meetings abhalten konnten.

Theresa folgte John und fragte sich noch immer, warum sie ihn in sein Büro begleiten sollte. Sie hatte es mit eigenen Ohren gehört, alle Jobs waren vergeben.

Ein großzügiger, rund gestalteter Raum mit einem übergroßen runden Schreibtisch schloss sich an den Gang an und sie gingen nach links über einen kleinen Mamorstreifen zu den großen, üppigen, dunklen Holztüren, die John öffnete.

Theresa konnte sich ein Kopfschütteln nicht verkneifen, als sie den opulenten Raum betraten. Alles war so überdimensioniert in dieser Stadt. Dieses Büro war größer als ihre komplette Wohnung. Die Decken waren höher als zwei Stockwerke in ihrem ehemaligen Elternhaus.

„Nehmen Sie doch Platz." Die Stimme von John riss sie aus ihren Gedanken. Sie setzte sich auf den Sessel vor seinem Schreibtisch und beobachtete, wie seine gepflegten Hände auf dem Schreibtisch etwas zu Seite schoben, bevor er sich lässig dagegen lehnte.

„Also, Miss Harding, erzählen Sie mir etwas über sich."

„Wieso?" Die Frage entwich Theresa, bevor sie darüber nachdenken konnte. Erleichtert konnte sie das amüsierte Lächeln auf Johns Gesicht betrachten. „Nun ja, Sie möchten einen Job in unserem Unternehmen, da brauche ich schon ein paar Informationen über Sie, oder meinen Sie nicht?“

„Die Dame hat gesagt, dass alle Jobs bereits vergeben sind. Ich bin es gewohnt, von daher...“ Theresa wollte sich zum Gehen erheben.
„Ob alle Jobs belegt sind, entscheide schlussendlich immer noch ich!“ Wie auch bei dem Seniorchef ließ die Aussage keinen Spielraum für Diskussionen.
„Da mögen Sie recht haben“, erwiderte Theresa kleinlaut.
„Gut, also, erzählen Sie mir etwas über sich. Wie alt sind Sie, woher kommen Sie, welchen Schulabschluss haben Sie, was sind Ihre bisherigen Tätigkeiten?“

„Ich … also, ich heiße Theresa Harding und bin achtundzwanzig Jahre alt. Ich komme aus Montana und habe auf der Farm meiner Eltern gearbeitet. Ich bin vor drei Monaten nach New York gezogen und suche nach einer Arbeitsstelle.“

„Ein echtes Landei, was? Es muss schwer sein, hier in New York eine Farm zu finden.“
„Machen Sie sich über mich lustig? Das ist wirklich das Letzte, was ich gebrauchen kann!“, entfuhr es Theresa.

„Keinesfalls. Es tut mir sehr leid, ich wollte nicht, dass Sie das so verstehen. Ich wollte lustig sein. Es war ironisch gemeint“, erklärte John und nahm Theresas

Erscheinungsbild dabei noch einmal genauer auf. Sie wirkte so verletzlich und doch so tough.

„Ja, es ist schwer, hier eine Farm zu finden", entgegnete Theresa nun und John war erleichtert über das Lächeln in ihrem Gesicht.

„Haben Sie irgendwo anders gearbeitet? Wie sieht es mit Ihrem Schulabschluss aus? Was haben Sie studiert?"

„Ich habe nicht studiert. Direkt nach der Schule habe ich auf der Farm meiner Eltern angefangen. Ein nicht ganz zukunftsfähiger Plan … leider."

„Aber Sie können nach wie vor etwas studieren, wenn Sie noch etwas aus Ihrem Leben machen möchten."

„Ich habe ab nächstem Monat kein Geld mehr, um die Miete für meine sogenannte Wohnung zu bezahlen, die wahrscheinlich der Größe Ihres Kleiderschranks entspricht. Ich habe mich auf jeden Kellnerjob, jeden Zimmermädchenjob und jeden Kurierjob dieser Stadt beworben, aber wer nimmt schon ein dummes Landei aus Montana. Fakt ist, ich brauche einen Job und muss Geld verdienen, sonst sitze ich bald auf der Straße und kann mich mit anderen 'meiner Gattung' um eine Feuertonne prügeln. Also nein, ich kann nicht studieren gehen, um etwas aus meinem Leben zu machen. Dieser Zug ist schon lange abgefahren. Es tut mir aufrichtig leid, dass ich Ihre, mit Sicherheit, kostbare Zeit verschwendet habe, aber Ihre Ratschläge helfen mir nicht weiter."

„In Ordnung. Sie brauchen also einen Job. Redegewandt sind Sie, das kann ich beurteilen, und auch wenn ich es auf den ersten Blick wahrscheinlich niemals vermutet hätte, so erscheinen Sie mir definitiv durchsetzungsfähig. Ich nehme an, Sie haben keine vollständige Bewerbungsmappe dabei, oder?"

„Bei den Jobs, die ich suche, wird so etwas selten verlangt."

„Da ich Sie selbst einstelle, wird das wohl funktionieren. Also, wann können Sie anfangen?"

„Anfangen? Bieten Sie mir gerade einen Job an?" Auch wenn sie sich Mühe gab, so konnte Theresa ihre Überraschung nicht verbergen.

„Wenn Sie morgen anfangen können, dann ja."

„Natürlich kann ich morgen anfangen."

„Gut, dann möchte ich Sie morgen früh um 7.30 Uhr hier in meinem Büro sehen. Ihren Schreibtisch haben Sie ja bereits gesehen."

„Meinen … meinen Schreibtisch?"

„Sie werden meine neue persönliche Assistentin."

Theresa weitete die Augen und lehnte sich in dem Sessel zurück.

„Das kann nicht ihr Ernst sein. Was ist, wenn ich das nicht hinbekomme?"

„Dann werfe ich Sie wieder raus", erklärte John mit einem Lächeln.

„Und Sie tun das nicht, um Ihren Vater zu ärgern, oder spielen mir einen Streich, oder?"

„Um meinen Vater zu ärgern?" John lachte herzhaft auf. „Das wäre durchaus eine hervorragende Idee, um meinen Vater zu ärgern, aber das ist es nicht. Sie brauchen einen Job, ich brauche eine persönliche Assistentin. Ganz im Ernst, ich habe gefühlt zwei neue Assistentinnen pro Jahr. Ich bin es leid, diese perfekt gestylten und geschminkten Frauen vor meiner Tür sitzen zu haben, denn bis jetzt hat keine meine Erwartungen erfüllt."

„Das kann ja heiter werden", gab Theresa zurück und stimmte in Johns Lachen ein.

„Also morgen früh um 7.30 Uhr?", fragte John und stieß sich dann von seinem Schreibtisch ab.

„In Ordnung." Theresa schüttelte die ihr angebotene Hand und verließ dann schnellen Schrittes den Raum. Sie musste sich beinahe zusammenreißen, um nicht zu laufen, aus Angst, dass sich dieser Mann seine Entscheidung noch anders überlegen könnte.

Bereits auf dem Nachhauseweg kamen Theresa erste Zweifel daran, ob sie den Job nicht besser hätte ausschlagen sollen. Das alles hier war so oder so eine vollkommen neue Welt für sie, wie sollte sie sich also in einem solchen Unternehmen oder allgemein in dieser Businesswelt zurechtfinden? Wie sollte sie Johns persönliche Assistentin sein, wenn sie nicht den Hauch einer Ahnung hatte, was eine persönliche Assistentin eigentlich tat?

Der pure Gedanke daran bereitete ihr Bauchschmerzen und doch war ihr bewusst, wie sehr sie auf das Geld angewiesen war. Wahrscheinlich würde sie den ersten Monat nicht überstehen, aber immerhin wäre das dann ein Monat mit Einkünften.

In ihrer kleinen Wohnung angekommen, stürzte Theresa in Richtung Kleiderschrank. Sie hatte nichts, was sie für diesen Job anziehen konnte, sie hatte kein Geld, um sich akzeptable Kleidung zu kaufen, und keine Freundin, bei der sie sich etwas ausleihen konnte.

Seufzend ließ sie sich auf ihr kleines Bett sinken. Wahrscheinlich würde sie nicht einmal den ersten Tag überstehen. Ob es wohl auch für einen Tag Arbeit bereits Lohn gab?

Theresas Blick fiel auf das kleine, gerahmte Bild an der Wand. Es zeigte sie gemeinsam mit ihren Eltern vor der Farm. Dies war alles, was ihr noch von ihrem Zuhause geblieben war. Ein kleines, vergilbtes Bild und die unzähligen schönen Erinnerungen an all die vielen glücklichen Stunden und Tage.

Wie es ihren Eltern jetzt wohl erging? Sie wusste nicht viel. Am Tag nach dem Brand hatten sie ihre Ersparnisse aufgeteilt. Theresa war augenblicklich nach New York aufgebrochen, während ihre Eltern eine

Wohnung in der Stadt gesucht hatten, genau wie sie: ohne Job, ohne Perspektive, ohne Hoffnung. Ihre einzige Verbindung blieben die heimlichen Telefonate am Sonntag und solange ER noch dort draußen war, würde dies auch so bleiben.

Theresa betrachtete sich am nächsten Morgen unzufrieden in dem kleinen Spiegel an ihrem Schrank. Die Möbel waren extrem alt und heruntergekommen, aber immerhin war die Wohnung möbliert gewesen. Ihre langen braunen Haare hatte sie zu einem Dutt zusammengebunden, ihre grünen Augen hatte sie mit etwas Wimperntusche betont. Gerne hätte sie etwas Make-up aufgelegt, doch sie besaß so etwas nicht und hatte auch kein Geld, es sich zu kaufen. Sie trug ihre einzige dunkle Hose und den grauen Pullover von gestern. John Chandler würde wahrscheinlich hocherfreut sein, wenn er mitbekam, dass ihr Outfit gestern nicht an dem Zufall des Vorstellungsgesprächs gelegen hatte.
Doch ihr Hauptproblem lag eindeutig bei ihren Schuhen. Die dreckigen, oder besser: „used“, Schuhe an ihren Füßen. Die einzigen Schuhe, die sie besaß. Mister Chandler würde mit ihrem Anblick leben müssen.

„Dawn, ich habe gestern eine neue persönliche Assistentin eingestellt“, erklärte John direkt am Morgen

bei einem gemeinsamen Gespräch mit der stellvertretenden Geschäftsführung, seiner stellvertretenden Geschäftsführung. Auch diese Bereiche waren bei seinem Vater und ihm strikt getrennt.
„Ach ehrlich? Ich habe gar keine Unterlagen erhalten." Dawn, eine pummelige Frau Anfang fünzig, sah John verblüfft an.
„Das kannst du auch nicht, ich habe sie mehr aus Zufall eingestellt."

„Aus Zufall?"
„Du wirst mit der Wahl nicht einverstanden sein."
„Wieso? Hat sie schlechte Abschlüsse?"
„Mehr oder weniger. Du wirst sie gleich kennenlernen. Sie müsste in zehn Minuten da sein."

Exakt fünf Minuten später klopfte Theresa zaghaft an die üppigen Bürotüren ihres neuen Chefs, nachdem sie beinahe an der Empfangsdame gescheitert war. Gut, dass John bereits ihren Namen hinterlegt hatte. Als sein „Herein" erklang, war sie überrascht, noch jemanden im Büro vorzufinden. John konnte seine Überraschung über ihre eigenwillige Kleidung nicht ganz überspielen, Dawn hingegen misslang dies völlig. Unverhohlen starrte sie Theresa an und hoffte inständig, dass John das nicht ernst meinte.

„Theresa Harding, das ist Dawn Meyers, meine

rechte Hand hier in der Firma und meine Vertretung in allen geschäftlichen Belangen."

„Schön, Sie kennenzulernen." Theresa trat einen Schritt vor und streckte Dawn ihre Hand entgegen. Sie konnte die abschätzige Meinung im Gesicht der Frau erkennen

„Miss Harding", sagte Dawn lediglich steif und drehte sich dann zu John um.

„Wir sollten uns vielleicht kurz unterhalten."

„Wir können unsere Unterhaltung heute Nachmittag fortführen. Für den Vormittag werde ich Miss Harding ihre neuen Aufgaben erläutern."

„Die Einarbeitung kann auch Cecil übernehmen."

„Cecil ist die persönliche Assistentin meines Vaters", erklärte John an Theresa gewandt, bevor er sich wieder Dawn zuwandte.

„Das könnte sie und das wird sie mit Sicherheit auch noch, aber für heute werde ich das übernehmen. Es wäre gut, wenn du das Meeting mit Jefferson heute übernimmst."

„Sehr wohl", gab Dawn zurück und ging dann zur Tür hinüber.

„Wow, sie hätte mir auch gleich sagen können, dass sie mich nicht leiden kann", sprach Theresa die unangenehme Situation an.

„Ignorieren Sie Dawn. Sie ist schon beleidigt, weil ich sie nicht in die Entscheidungsfindung miteinbezogen habe. Sie ist exzellent in ihrem Job, höchstwahrscheinlich sogar um Längen besser als ich. Sie hat bereits für meinen Vater gearbeitet, als ich noch jung war. Wäre es kein Familienunternehmen, hätte sie meinen Posten mehr als verdient. Sie trägt es mit Fassung, allerdings nur solange ich sie ordentlich mitmischen lasse oder ihr zumindest das Gefühl gebe, dies zu tun. So, dann zeige ich Ihnen mal das Büro. In unserer Firma ist es so üblich, dass ich Sie beim Vornamen anspreche, Sie aber weiterhin sieze. Ist das okay für Sie?"

„Ich passe mich da ganz der Firmenpolitik an. Nur damit es nicht peinlich wird, Sie sind dann Mister Chandler für mich oder John?"

„Mister Chandler."

Theresa signalisierte mit einem Nicken, dass sie einverstanden war, und folgte John dann hinaus zu ihrem Schreibtisch.

„Bitte sagen Sie mir, dass Sie wissen, wie man mit Computern umgeht."

„Ob Sie es glauben oder nicht, selbst in Montana auf unserer Farm hatte ich einen Computer."

„Gott sei Dank. Ist Ihnen Office ein Begriff?"

„Ich weiß sehr gut, wie man mit den Programmen umgeht, Mister Chandler."

„Sehr schön, das ist ja schon die halbe Miete. Also als persönliche Assistentin haben Sie mehrere Aufgabenbereiche, die ich wie folgt festgelegt habe: Sie sind dafür zuständig, meine Termine zu verwalten. Dazu müssen Sie mich, meine Angewohnheiten, meine Vorlieben und die Dinge, die ich überhaupt nicht mag, natürlich noch kennenlernen. Ich schätze Sie als gute Beobachterin ein, von daher mache ich mir da wenig Sorgen. Weiterhin sind Sie dafür zuständig, meine Telefonate entgegenzunehmen, wenn ich in einem Meeting bin, und entsprechende Nachrichten auszurichten. Sie bereiten meine Meetings vor, erstellen PowerPoint-Präsentationen nach meinen Vorgaben, schreiben Texte und Briefe nach meinem Diktat, verwalten meinen E-Mail-Eingang, korrespondieren mit Dawn und zur Not auch mit meinem Vater und kümmern sich auch um meine persönlichen Angelegenheiten, wenn ich Sie darum bitte. Verstanden?"

„Verstanden."

„Gut, dann beginnen wir jetzt mit meinem Tagesplan. Nehmen Sie Platz." Zaghaft setzte sich Theresa auf den Bürostuhl, den sie zumindest im Moment den ihren nennen durfte.

John nahm sich einen Besucherstuhl und setzte sich neben Theresa an den Schreibtisch. „Das ist das wichtigste Stück überhaupt. Unser Terminkalender. Sie haben hier Ihre Übersicht und tragen die Termine bitte immer, und ich meine wirklich immer, auch in den Kalender auf meinem Schreibtisch ein. Sie müssen keinen Outlook-Kalender führen, das mag ich nicht. Meine Woche hat fünf bis sechs Arbeitstage. Es kann sein, dass wir auch zwischendurch einen Samstag hier im Büro arbeiten, wobei ich samstags meist von zu Hause aus arbeite. Ich verlange aber von Ihnen, dass Sie auch außerhalb Ihrer regulären Arbeitszeiten, zum Beispiel an einem Samstag, erreichbar sind. Ist das ein Problem für Sie?“

„Nicht einmal ansatzweise.“

„Sehr schön. Dann weiter. Meine Arbeitstage beginnen immer um 7 Uhr. Ich möchte, dass Sie zehn Minuten früher hier sind und sich bereits einen Überblick verschaffen. Um 7 Uhr möchte ich Sie als Erstes in meinem Büro haben, mit all den Informationen, die ich für den Tag brauche. Um 7.30 Uhr kommt dann Dawn zur Besprechung. Sie haben also jeden Morgen dreißig Minuten Zeit mich in meine Termine einzuweihen.“

„In Ordnung.“ Theresa machte sich fleißig Notizen auf dem kleinen Block.

„Sie kontrollieren dann alle meine E-Mails und setzen mich nach dem Gespräch mit Dawn über die Eingänge in Kenntnis. Selbiges um 11.30 Uhr nach Durchsicht meiner Post. Diese bringt Ihnen Emily jeden Morgen um 10.45 Uhr. Um 12 Uhr gehe ich für fünfundvierzig Minuten in die Pause, genau wie Sie auch. Der Morgen ist geblockt für Telefonkonferenzen, die Sie entsprechend organisieren und schalten. Am Nachmittag bis in den Abendbereich finden Meetings statt. Ich möchte, dass Sie immer dafür sorgen, dass alle meine Unterlagen vorhanden sind. Während der Meetings nehmen Sie meine Telefonate entgegen, sowohl dienstlich wie auch privat. Ich brauche vollstes Vertrauen zu Ihnen, Sie werden so nah an mich herankommen wie kaum jemand anderes, weshalb Sie mir eine entsprechende Verschwiegenheitserklärung unterzeichnen müssen. Sie verpflichten sich damit, dass keine Details über mich, mein Privatleben oder die Firma jemals nach außen dringen werden."

„Einverstanden."

„Das müssen Sie auch sein, sonst können Sie direkt wieder nach Hause gehen." Theresas Blick schnellte nach oben, traf dabei aber auf Johns lächelnde Augen.

„Gut, weiter im Text. Während der gesamten Zeit haben Sie immer mein E-Mail-Postfach im Auge. Der Nachmittag steht weiterhin dafür zur Verfügung, dass Sie PowerPoint-Präsentationen erstellen, Briefe schreiben etc. Ich kann Ihnen versprechen, dass es nie langweilig werden wird. Ich gebe Ihnen dann irgendwann frei, was auch bedeutet, dass Sie mir bitte Bescheid sagen, wenn Sie für den Tag alles erledigt haben. Einen regulären Feierabend kann ich Ihnen nicht bieten. Die Bezahlung ist allerdings auch dementsprechend."

„Das ist in Ordnung für mich. Ich habe keine festen Termine und bin zeitlich flexibel."

„Gut. Dann verschaffen Sie sich jetzt einen Überblick über alles. Ich werde Sie von heute Nachmittag an, nein, besser von morgen an, zu Cecil schicken, damit Sie sich für ein bis zwei Tage den Ablauf anschauen können. Jetzt haben wir nur noch ein Problem."

Theresa sah von ihrem mittlerweile vollgeschriebenen Zettel auf.

„Sie können nicht in dieser Kleidung hier auftauchen", sagte John direkt, doch seine Augen blickten Theresa dabei freundlich an.

„Sie haben selbst gesagt, dass Sie keine perfekt gestylten und geschminkten Frauen mehr vor ihrer Tür sitzen haben möchten", konterte Theresa.

„Das ist wohl wahr und doch gibt es eine gewisse Etikette in einem solchen Geschäft. Ich wüsste nicht, wie ich es erläutern sollte, wenn Sie so meine Sachen in einem Raum voller Geschäftsleute vorbereiten."

„Mister Chandler, ich ..."

„Sie werden doch wohl noch etwas anderes im Schrank haben oder heute die Zeit finden, um einkaufen zu gehen, oder? Ich kann Ihnen gerne Emily zur Seite stellen. Ich bin mir sicher, dass sie Sie modetechnisch gut beraten kann."

„Es liegt nicht daran, dass mich jemand beraten muss."

„Sondern?"

Theresas Augen füllten sich unwillkürlich mit Tränen. Wie sehr konnte sich ein Mensch erniedrigen? Das alles hier war von Anfang an zum Scheitern verurteilt gewesen. Sie gehörte hier nicht hin.

„Theresa?", fragte John und merkte, wie sich ein Kloß in seinem Hals bildete, als er ihre Tränen sah.

„Wissen Sie noch, was ich Ihnen gestern über meinen Lebensstil erzählt habe? Das war kein Witz. Ich kann mir keine neue Kleidung leisten."

„Dann gebe ich Ihnen einen Vorschuss von Ihrem Gehalt."

„Ich möchte das nicht. Noch habe ich nichts geleistet und ..."

John warf einen kurzen Blick auf die Uhr. Er hatte sich heute den ganzen Tag freigeschaufelt, um sich Miss Harding anzunehmen, da er endlich einmal eine Assistentin nach seinen persönlichen Vorstellungen haben wollte und keine Assistentin, die ausgerechnet von der persönlichen Assistentin seines Vaters angelernt wurde und all die Dinge übernahm, die er so sehr hasste.

„Ziehen Sie Ihre Jacke an, wir haben einen Termin", unterbrach John Theresa und erhob sich.

„Jetzt?"

„Ja, jetzt."

# KAPITEL 2

Theresa eilte zur kleinen Garderobe in der Ecke hinüber und zog ihren Trenchcoat über. Sie war gerade fertig, als auch John aus seinem Büro heraustrat und im Gehen sein Handy aus der Tasche holte.

„Dawn, ich bin kurz weg. Telefone sind auf dich gestellt. Ja, ich weiß, dass du auch arbeiten musst … Miss Harding wird das ja bald übernehmen. Ja, Dawn, bis später.“ John verstaute das Handy in seinem Jackett und drückte auf den Fahrstuhlknopf.

„Haben wir öfter Außentermine?“

„Nein, meistens kommen die Leute hierher.“

„Wo gehen wir denn dann hin?“

„Lassen Sie sich einfach überraschen, Theresa.“

John hielt seine Chipkarte vor einen kleinen Scanner im

Aufzug und drückte dann die Taste für das Untergeschoss.
Der Aufzug hielt direkt in der Tiefgarage und Theresa folgte ihm schnellen Schrittes zu dem schwarzen BMW. Spätestens die Fernsehgeräte im Auto ließen sie den Kopf schütteln. Sie besaß noch nicht einmal einen Fernseher in ihrer eigenen Wohnung.

„Haben Sie einen Führerschein?“, fragte John, als sie aus der Tiefgarage auf die belebten Straßen von New York fuhren.
„Natürlich habe ich einen Führerschein. Ich komme vom Land. Ich kann bestens mit Landmaschinen jeglicher Art und Größe umgehen.“ John sah ein amüsiertes Lächeln bei einem Blick in ihr Gesicht.

Nach einer kurzen Autofahrt stoppte John den Wagen an der Straßenseite und bat Theresa, auszusteigen.
„Mister Chandler“, begrüßte ihn ein Mann und eilte herbei. John übergab ihm die Autoschlüssel und zeigte dann in Richtung eines Geschäfts.

„Hier hinein, Theresa.“
„Nein, halt! Was haben Sie vor?“, fragte Theresa erschrocken, als sie erkannte, dass es sich um ein Bekleidungsgeschäft handelte, und hielt John dabei am Arm fest. Irritiert schaute er nach unten auf ihre Hand, die Theresa direkt zurückzog. Sie musste sich in Erinnerung rufen, dass hier andere Gepflogenheiten

galten.

„Wir werden Sie jetzt einkleiden."
„Ich möchte das nicht!" Theresas Ton war unmissverständlich und John starrte sie fragend an. Noch niemals hatte sich eine Frau dagegen gewehrt, auf seine Kosten einzukaufen. Seine letzte Freundin, die gute Charlotte, hatte seine Kreditkarte im wahrsten Sinne des Wortes ohne Zögern angenommen.

„Betrachten Sie es als erste Arbeitsaufgabe."
„Ich kann mir das hier nicht leisten und ich will keine Almosen. Ich möchte nicht, dass Sie jetzt Geld für mich ausgeben. Sie kennen mich doch überhaupt nicht. Was, wenn ich den Job in den Sand setze?"

„Dann setzen Sie ihn halt in den Sand, und jetzt hören Sie auf! Wir werden jetzt dort hineingehen und Sie einkleiden, sonst werde ich Sie sofort und auf der Stelle entlassen!" Johns Ton war nun deutlich strenger und doch konnte Theresa die Freundlichkeit in seinen Augen erkennen.

„Erlauben Sie mir, Geld für Sie auszugeben, sonst sind Sie gefeuert? Mister Chandler, ich befürchte, das werden Sie mir bei Gelegenheit noch einmal erklären müssen", erwiderte Theresa nun und konnte das Lächeln auf Johns Gesicht zurückkehren sehen.

„Zwingen Sie mich nicht dazu", sagte er augenzwinkernd und hielt nach ein paar Schritten noch einmal an.

„Ich kann Szenen in der Öffentlichkeit nicht ausstehen, ganz egal, welcher Art. Wir werden also dort drinnen einkaufen, was Ihnen gefällt, keine Preisdiskussionen und kein „Das kann ich nicht annehmen“ ‚mehr‘, verstanden? Wir werden eine komplette Garderobe für sieben Arbeitstage kaufen.“

„Danke, Mister Chandler.“ John hielt inne, als er die Tränen in ihren Augen glitzern sah. Sie war zutiefst dankbar. Etwas, das er in dieser Form noch nie gesehen hatte.

„Sehr gerne, Theresa“, erwiderte er und stieß dann die Tür auf.

„John! Wie schön, dich mal wieder hier zu sehen“, erklang die Stimme einer attraktiven, perfekt geschminkten Frau mit einem makellosen Teint und einem noch viel makelloseren Körper. In ihren High Heels schritt sie elegant auf die beiden zu und begrüßte John mit einem koketten Kuss auf die linke und die rechte Wange, bevor sie mit zusammengezogenen Augenbrauen Theresa anblickte. „Und Sie sind?“ Die Frage klang genauso unhöflich, wie sie wahrscheinlich auch gemeint war.

„Das ist meine persönliche Assistentin, Miss Harding. Wir bräuchten sieben komplette Bürooutfits“, sprang John ihr zur Seite. Theresa betrachtete ihn kurz. Ob sie ihm wohl auch wie eine Außerirdische vorkam, in seinem Leben, das nur aus perfekten Menschen zu bestehen schien? Sie selbst jedenfalls war sich sicher, von einem ganz anderen Planeten zu kommen als all diese Menschen hier. Die kleine Theresa darf jetzt vom Planeten Montana abgeholt werden.

Amüsiert zuckten ihre Mundwinkel nach oben und der fragende Blick von John signalisierte ihr, dass sie sich wahrscheinlich gerade komplett zum Affen machte.

„Welche Größe tragen Sie?“, fragte die perfekte Verkäuferin mit dem perfekten Namen Cloe erneut.

„38, in manchen Sachen auch 40.“

„Ja, in manchen Sachen wie dem zwei Nummern zu großen ... was ist das überhaupt? Ein Trenchcoat?“

„Hören Sie, ich habe verstanden, dass Sie nichts von mir halten. Sie brauchen es nicht noch weiter zu verdeutlichen!“, erwiderte Theresa barsch und ihr entging nicht, wie John ein schnaubendes Lachen ausstieß. Als sie ihn anblickte, presste er sich gerade seine Handknöchel gegen den Mund, doch seine Augen verrieten ihn. Cloe hingegen sah sie schockiert an. Wahrscheinlich sprach man in dieser perfekten Welt nicht aus, was man dachte, oder wies andere auf ihr Verhalten hin.

„Gut, eine 38“, erwiderte Cloe kühl.

„Wir werden alles heraussuchen. Kostüme mit Röcken, Hosenanzüge und Kleider.“

„Oh, ich bin nicht der Typ für Kleider oder Röcke.“

„Hol alles, Cloe“, erwiderte John und schluckte einen sarkastischen Kommentar herunter.
Montana, die Zeit der Gummistiefel ist vorbei.
Sie war seine persönliche Assistentin, ein solcher Kommentar wäre unangebracht, obwohl er sich sicher war, dass sie darüber lachen würde.
„Gehen Sie schon einmal in die Umkleidekabine und entkleiden Sie sich. Ich bringe Ihnen die entsprechenden Kombinationen.“

Theresa atmete erleichtert auf. Gut, dass sie sich wenigstens die Beine noch rasiert hatte. Etwas, das sie gerne auch mal über einen etwas längeren Zeitraum vergaß. Zu Hause hatte es niemanden interessiert. Der pure Gedanke an Kleider ließ sie bereits erschaudern. Sie hatte bis jetzt immer nur Jeanshosen, Pullis oder ihren Blaumann mit Gummistiefeln, getragen.

„Hier, bitte.“ Cloe reichte ihr einen Kleiderbügel herein und wenig später folgten Schuhe und eine Handtasche. Theresa betrachtete das Kostüm darauf mit unsicherem Gesichtsausdruck. Ein Kostüm, genau das war es! Sie würde sich nun verkleiden und so tun, als wäre sie eine von ihnen, obwohl sie das niemals sein würde.

„Ähm, hätten Sie Strümpfe?“, fragte Theresa, als sie zwischen den schwarzen High Heels und den Wollsocken hin und her sah.

„Die habe ich Ihnen bereits mit der Tasche hereingereicht.“
Cloe hatte ihre Wollsocken wohl bereits vermutet.

Theresa legte Schicht für Schicht der neuen Sachen an und erst jetzt fiel ihr auf, dass sich kein Spiegel in der riesigen Garderobe befand. Also musste sie zwangsläufig vor den Vorhang treten und sich präsentieren. Unsicher, wie auf Stelzen, wankte sie auf den High Heels nach draußen.
„Das nehmen wir schon mal“, erklärte John, der Theresa direkt erblickt hatte. Er saß auf einem Sessel und beobachtete Theresa nun, die sich mit hochgezogenen Augenbrauen in ihrem Kostüm betrachtete.

„Gefällt es Ihnen nicht?“, fragte John, unsicher darüber, wie er ihren Blick deuten sollte.
„Doch, ich … es ist nur sehr neu. Könnte ich wohl auch Schuhe mit weniger Absatz bekommen?“

„Sie werden sich daran gewöhnen. Es ist schon der kleinste Absatz, den wir haben“, erklärte Cloe kühl.
Theresa warf noch einen letzten Blick auf sich in diesem edlen schwarzen Kostüm mit Rock und wankte dann zur Kabine zurück.
„Geben Sie mir bitte alles, zusammen mit der Tasche und den Schuhen, nach draußen.“ Theresa folgte den Anweisungen, bevor Cloe eine neue Ladung in die

Umkleidekabine brachte. Dieses Mal ein royalblaues Kleid mit einem runden Kragen, der aussah wie eine dicke silberne Kette. Das Kleid hatte keine Ärmel, weshalb eine passende Überjacke dabei war. Wieder gab es neue, passende Schuhe und eine passende Handtasche.

„Wow!“, entfuhr es John, als Theresa in diesem Outfit die Kabine verließ, und auch Theresa selbst musste sich zusammenreißen, als sie in den Spiegel sah. Nun war sie rein äußerlich schon fast eine von ihnen.

„Hinreißend!“, erklärte auch Cloe, die die Arme bereits wieder voll hatte.

Als nächstes Outfit wurde Theresa ein heller Hosenanzug gereicht, wieder mit passenden Schuhen und einer passenden Handtasche. Mit einem süffisanten Grinsen stellte sich Theresa vor, wie sie in ihren High Heels und mit nackten Beinen mitten im Winter durch den Schnee stapfte, aber anscheinend gab es in diesem Bereich keine Wintermode und sie riss sich zusammen, nicht danach zu fragen. Sie würde sich im Büro aus ihren Jeans und den Schneeschuhen befreien und ihr Kostüm überwerfen.

Vier Outfits später trat Theresa in ihren normalen Sachen wieder aus der Garderobe heraus und sah schockiert auf den Berg voller Klamotten, der sich rund um den Verkaufstresen angesammelt hatte.

„Cloe, könntest du noch etwas heraussuchen, das Miss

Harding direkt anziehen kann?“, fragte John bei einem Blick auf Theresa.
„Ich kann doch auch etwas von den anderen Sachen anziehen.“
„Lassen Sie mich mal machen“, winkte John ihren Protest ab.

Als Theresa wenig später in einer schwarzen, weit fallenden Hose mit weißer Bluse, einem elegant gebundenen Halstuch, schwarzer Handtasche und schwarzen Pumps aus der Umkleidekabine heraustrat, nickte John zustimmend.
„Noch einen Mantel für Miss Harding und wir können gehen.“ Minuten später fand Theresa sich in einem schwarzen Wollmantel wieder, der ebenfalls zu dem Stapel wanderte, während sie eine leichtere Blazerjacke angezogen bekam, da es draußen noch nicht sehr kühl war.

„Theresa, hinterlassen Sie doch bitte noch Ihre Adresse und vereinbaren Sie den Liefertermin, damit die Sachen angeliefert werden können.“
Theresa nickte und füllte einen vorbereiteten Zettel aus, bevor sie John nach draußen folgte.

„Ich werde Ihnen das Geld zurückzahlen. Wir können auch vereinbaren, dass Sie etwas von meinem Lohn einbehalten und ...“
„Theresa, es ist in Ordnung. Denken Sie daran, was ich

Ihnen bereits gesagt habe, ich mag keine Szenen. Akzeptieren Sie mein Geschenk bitte."

„Werde ich jemals erfahren, wie teuer es war?", fragte Theresa, auch wenn sie die Antwort bereits kannte.

„Wieso sollten Sie?", wollte John lediglich wissen. Theresa zuckte unwillkürlich zusammen, als hinter ihnen ein Fahrradfahrer klingelte, und versuchte, schnell ihren Puls wieder zu beruhigen. John sollte sie nicht für komplett wahnsinnig halten, auch wenn sie das wahrscheinlich war.

„Alles in Ordnung?", fragte er postwendend.

„Alles bestens. In Montana war der Straßenverkehr deutlich gesitteter", redete Theresa sich heraus und deutete dann auf den Wagen, der ihnen gebracht wurde.

„Haben Sie das schon mal getan?", fragte sie, als John den Sicherheitsgurt anlegte.

„Was meinen Sie?"

„Haben Sie schon einmal eine Ihrer Mitarbeiterinnen eingekleidet?"

„Bis jetzt war das nie nötig gewesen. Hören Sie jetzt auf, sich darüber Gedanken zu machen! Für mich waren das Peanuts. Ich werde es am Monatsende nicht merken."

Mit diesen Worten wandte Theresa ihren Blick nach

draußen, bis ein Piepen im Auto einen eingehenden Anruf signalisierte.

„Sir“, antwortete John mit tiefer Stimme. Theresa zog  unfreiwillig die Augenbrauen hoch. Seinen eigenen Vater mit „Sir“ ansprechen zu müssen, erschien ihr wie ein makaberer Scherz. Dass es keiner war, sah sie allerdings bei einem flüchtigen Blick in Johns Gesicht. Er sah ernst aus, sein Blick war stoisch auf die Straße gerichtet.

„Ich habe auf deinem Anschluss nur Dawn erreicht. Sie sagte mir, du hättest einen Außentermin.“

„Hatte ich, ich bin auf dem Rückweg.“

„Sie hat mir ebenfalls erzählt, du hättest ein dahergelaufenes Trampel vom Land, ohne jegliche Qualifikationen, zu deiner Assistentin ernannt.“ John schnappte hörbar nach Luft.

„Das Trampel vom Land hört mit!“, erwiderte Theresa, biss sich dann allerdings auf die Zunge. Es war mit Sicherheit nicht angebracht, sich in das Telefonat einzumischen.

„Wie auch immer. Ich möchte gleich mit dir darüber reden! Komm in mein Büro, wenn du wieder im Haus bist.“

„Ich kann eigenverantwortlich entscheiden, wen ich als meine persönliche Assistentin einstelle und warum. Ich bin dir keine Rechenschaft darüber schuldig. Guten Tag, Vater.“ John war lauter geworden, als er dies eigentlich beabsichtigt hatte, und noch bevor sein Vater etwas erwidern konnte, hatte John das Telefonat beendet.

„Es tut mir sehr leid, aber bei meinem Vater müssen Sie sich an so etwas gewöhnen“, erklärte John sofort.

„Ich denke, es war nicht angebracht, dass ich mich eingemischt habe, oder?“

„Nein, das war es nicht, aber es spricht für Sie. Ich hätte mir so etwas auch nicht gefallen lassen, also Schwamm drüber.“

Im Büro angekommen, begab sich Theresa gemeinsam mit John wieder zu ihrem Schreibtisch, wo dieser mit seinen Erklärungen fortfuhr.

„Entschuldigen Sie die Störung. Miss Harding, Ihr Termin in der Personalabteilung wurde bestätigt.“ Die Stimme von Emily riss John aus seiner Erklärung.

„In Ordnung, gehen Sie mit Emily, ich bin in meinem Büro. Nachdem Sie alles unterschrieben haben, gebe ich Ihnen für heute frei. Wir sehen uns dann morgen früh.“

„In Ordnung. Bis morgen und … danke noch einmal“, erklärte Theresa und lächelte schüchtern.

„Gern geschehen.“

Theresa zuckte zusammen, als am Abend ihre Klingel erklang. Leise schlich sie zum Türspion herüber, jederzeit darauf bedacht, kein Geräusch von sich zu geben. Was, wenn ER es war? Mit schmerzhaft hämmerndem Herzen blickte sie schnell nach draußen, nur um dort zwei vollbeladene Männer stehen zu sehen.

„Miss Harding? Ihre Einkäufe“, erklärte einer der Männer und Theresa hätte am liebsten laut losgelacht. Ob sich die Männer wohl auch fragten, wie sie sich das alles leisten konnte?

„Stellen Sie es einfach ab“, bat Theresa, darauf bedacht, die Männer nicht in ihre Wohnung zu lassen.

„Schönen Abend, Ma'am“, wünschte einer der beiden. Theresa wusste, dass sie auf ein Trinkgeld spekuliert hatten, was ihnen wahrscheinlich auch zustand, und doch konnte sie es sich nicht leisten, auch nur ein paar Cent zu verschenken. Zumindest nicht, wenn sie am nächsten Tag noch etwas essen wollte.

Nach und nach packte Theresa die Taschen aus, vollkommen überwältigt von den wunderschönen neuen Sachen. Sie betrachtete besonders lange das blaue Kleid. Es war eindeutig ihr Lieblingsstück. Noch immer musste sie an das „Wow“ denken, das John entfleucht war. Allgemein musste sie die ganze Zeit über an John denken. Der Prinz in eiserner Rüstung, der das verarmte, kleine Mädchen rettete und sie zur Prinzessin machte. Nur dass er lediglich ihr Arbeitgeber war und auch das dank ihrer Qualifikationen wahrscheinlich nicht von Dauer sein würde.

Ein Zettel in der hochwertigen Tüte erhaschte ihr Interesse und doch wünschte sie sich bei einem Blick auf die Zahlen sofort, ihn niemals gefunden zu haben.

Kleid 850 Dollar
Pumps 490 Dollar
Handtasche 840 Dollar
Hosenanzug 1239 Dollar
Bluse 450 Dollar
Mantel 2345 Dollar
...

Theresa überflog den Rest und ließ sich bei der Endsumme langsam auf ihre Couch sinken.
„Wir danken für Ihren Einkauf."

Am nächsten Morgen war Theresa bereits um halb 7 im Büro. Schnell tauschte sie ihre Schuhe gegen die High Heels und eilte zur Küche herüber.
Sie hatte keine Ahnung, ob John am Morgen Kaffee trank, und doch brühte sie ihm selbigen auf. Sie fuhr ihren Computer hoch, öffnete das E-Mail-Programm, alles so, wie John es ihr erklärt hatte. Sie würde sich Mühe geben, so viel, wie möglich war.
Zwei Minuten vor sieben Uhr stellte Theresa einen dampfenden Becher Kaffee auf Johns Schreibtisch und trat gerade aus seinem Büro heraus, als er um die Ecke

kam.
„Na, da schau einer Miss Harding an“, sagte er lächelnd, als er Theresa in ihrem blauen Kleid erblickte. Theresa selbst merkte, wie ihr Gesicht vor Röte heiß wurde.

„Guten Morgen, Mister Chandler.“
„Den wünsche ich Ihnen ebenfalls. In fünf Minuten in meinem Büro.“
Theresa sah auf die Uhr und klopfte exakt fünf Minuten später an die große Bürotür.
„Der Kaffee schmeckt vorzüglich. Ich habe mich sehr gefreut“, erklärte John und nahm ihr damit die erste Unsicherheit.
„Das freut mich.“
„Trinken Sie keinen Kaffee?“
„Doch, ich wusste nur nicht ...“
„Okay, Vereinbarung Nummer 1 des heutigen Tages: Wir trinken bei unserer Besprechung jeden Morgen eine Tasse Kaffee zusammen.“
„Ich stimme der Vereinbarung ausdrücklich zu“, entgegnete Theresa mit einem Lächeln und nahm dann ihren Schreibblock hervor.
„Ich kann Ihnen nicht viel über Ihre Termine für heute sagen, Mister Chandler, in meinem Kalender steht nichts.“

„Ich weiß. Damit fangen wir erst ab nächste Woche an. Heute werden Sie die große Freude haben, mit Cecil gemeinsam zu arbeiten. Tun Sie mir dabei einen Gefallen. Schauen Sie sich nicht zu viel von ihr ab. Es ist gut, dass sie Ihnen die ganzen Basisdinge zeigt, aber bitte bleiben Sie bei unserem abgesprochenen Tagesablauf. Ich möchte nicht, dass ab morgen hier alles so abläuft wie bei meinem Vater, das ist mir sehr wichtig."

„In Ordnung."

„Gut. Ich hoffe, der alte Herr behandelt Sie heute nicht zu grausam. Sie werden unter normalen Umständen maximal ein bis zwei Mal in der Woche mit ihm zu tun haben, von daher lassen Sie sich von ihm bitte weder einschüchtern noch verschrecken. Ich kann Ihnen schon jetzt versichern, dass er das versuchen wird. Es ist mitunter wirklich nicht einfach mit ihm."

„Ich lasse mich nicht so schnell einschüchtern. Außerdem reden Sie Ihren Vater mit „Sir" an. Spätestens seit diesem Moment ist mir bewusst, dass Ihre Beziehung untereinander nicht sonderlich einfach sein kann." Theresa beobachtete, wie John die Augenbrauen nach oben zog. Sie war eindeutig zu weit gegangen. Schon wieder. Es ging sie nichts an. Sie war lediglich die persönliche Assistentin.

„Sie haben recht. Unsere Beziehung ist nicht einfach, das wird sie auch niemals sein, und doch führen wir dieses Unternehmen zusammen und müssen uns auch entsprechend zusammenreißen. Ihre weiblichen

Kollegen reden sehr viel, ich weiß, dass es viele Gesprächsthemen über mich und auch über die Beziehung zu meinem Vater gibt. Ich möchte nicht, dass Sie sich an derartigen Unterhaltungen beteiligen, weshalb es mir am liebsten wäre, wenn Sie nicht zu viel Kontakt zu den anderen Mitarbeitern pflegen."

„Ich habe das in der Verschwiegenheitsvereinbarung gelesen. Alles, was wir besprechen, bleibt unter uns, so oder so. Ich bin kein Mensch, der gerne tratscht."

„Dafür schätze ich Sie auch als zu ehrlich ein. Hätte ich mir eine andere Meinung über Sie gebildet, wären Sie niemals meine persönliche Assistentin geworden."

Das Klopfen an der Tür signalisierte, dass Dawn eingetroffen war. Als sie den Raum betrat, musterte sie Theresa mit unverhohlenem Erstaunen und Theresa konnte ein süffisantes Grinsen nicht unterdrücken.

„Guten Morgen, Misses Meyers."

„Miss Meyers!"

„Entschuldigen Sie. Guten Morgen, Miss Meyers. Darf ich Ihnen auch einen Kaffee bringen?", fragte Theresa freundlich. Es wunderte sie nicht, dass Dawn nicht oder nicht mehr verheiratet war.

„Nein danke. Ich trinke meinen Kaffee in meinem Büro."

„In Ordnung."

„Theresa, Sie können dann jetzt zu Cecil gehen."

„Danke, Mister Chandler."

Cecil Rudd war für Theresa auf den ersten Blick bereits der Inbegriff einer persönlichen Assistentin. Sie war um die fünfzig und sah perfekt aus in ihrem teuren Kostüm. Ihre glatten grauen Haare reichten ihr bis zu den Schultern und sie trug einen markanten Pony. Ihre Falten lagen versteckt unter teurem Make-up und sie wirkte vollkommen tadellos und kompetent.
„Cecil?“, fragte Theresa und lächelte dabei aufgeschlossen. Grüne Augen blickten sie fragend an. „Mein Name ist Theresa Harding. Ich bin die neue pers...“
„Ich weiß, wer Sie sind. Ich hatte Sie mir nur etwas anders vorgestellt.“
„Mister Chandler schickt mich, um ...“
„Ich weiß das bereits, Mister Chandler hat mich persönlich darüber informiert. Nehmen Sie sich einen Stuhl und setzen Sie sich. Ich mag es nicht, in meiner Arbeit gestört zu werden. Ich werde Ihnen nichts erklären, Sie schauen einfach zu und sind still, haben wir uns da verstanden?“ „Wahrscheinlich“, erwiderte Theresa und wusste, dass es ein Fehler war.
„Wahrscheinlich ist keine adäquate Antwort auf eine eindeutige ‚Ja oder Nein‘- Frage.“

Theresa ließ den Satz so im Raum stehen und nahm sich einen Stuhl herbei. Sie würde einen Teufel tun und sich bei dieser Frau entschuldigen.

Stumm schaute sie dabei zu, wie Cecil die E-Mails aufrief und sich entsprechende Notizen machte. Sie druckte alle aus, legte sie in eine Mappe und heftete den Zettel mit den Notizen obendrauf. Theresa schrieb ebenfalls mit, wobei sie sich schwor, erst mit Mister Chandler darüber zu sprechen, bevor sie diese Methode übernahm.

„Kommen Sie mit.“ Die Stimme von Cecil ließ sie aufschrecken. Ohne zu zögern, erhob Theresa sich und folgte Cecil durch die großen Türen in das Büro von Mister Chandler senior. Der komplette Trakt war baugleich, in der Einrichtung hätten sich die Büros aber nicht weiter voneinander unterscheiden können. Theresa schmunzelte bei diesem Vergleich. Genau wie John und sein Vater nicht unterschiedlicher sein konnten.

„Mister Chandler, Miss Theresa Harding hospitiert heute bei mir. Sie ist die neue persönliche Assistentin Ihres Sohnes“, erklärte Cecil und gerade als Theresa sich fragte, ob sie dem alten Herrn die Hand schütteln sollte, sah dieser nur kurz desinteressiert auf und wandte sich dann wieder dem Blatt auf seinem Schreibtisch zu. Cecil deutete Theresa an, sich zu setzen, und die beiden verharrten in Stillschweigen, so lange, bis Mister Chandler senior den Kopf wieder hob. Mit kühlen Augen musterte er Theresa.

„Sie sind das also“, sagte er nach einer weiteren

Minute.
„Sehr erfreut, Mister Chandler."
„Machen Sie sich keine Hoffnungen, Sie werden nicht allzu lange bei meinem Sohn tätig sein." Mit diesen Worten wandte er sich Cecil zu und obwohl es Theresa auf der Zunge brannte, schluckte sie heftig und sah dann auf den Boden. Sie würde nun ruhig sein, ganz so, wie es die Etikette von ihr verlangte.

Cecil erklärte mit kurzen Sätzen die nach Wichtigkeit gestaffelten E-Mails und erhob sich direkt nach dem letzten Satz von ihrem Stuhl. Theresa folgte ihr und saß für den Rest des Tages erneut stumm neben Cecil, so lange, bis Chandler senior über die Sprechanlage verkündete, dass sie Feierabend machen konnten.

Erleichtert, dass der Tag endlich zu Ende war, kehrte Theresa zu ihrem eigenen Schreibtisch zurück und klopfte zaghaft an die große Tür. Sie wusste nicht, ob sie nun ebenfalls nach Hause gehen konnte.

„Ah, Theresa. Den Tag in der Hölle gut überstanden?", fragte John direkt und lehnte sich in seinem Stuhl zurück, als er sie erblickte. Theresa schloss die Tür langsam hinter sich und ging ein Stück in den Raum hinein.

„Mehr oder weniger."
„Haben Sie meinen alten Herrn kennengelernt?"

„Er hat mir nur erzählt, dass ich nicht lange unter Ihnen arbeiten werde."
„Gut, dass das meine Sorge sein wird. Machen Sie sich keine Gedanken. Am besten ist es, ihn einfach zu ignorieren. Wie war es mit Cecil?"
„Schweigsam." John lachte herzhaft auf.

„Wenigstens schweigsam und lehrreich?"
„Sehr. Obwohl ich es schwierig finde, bei ihr zu lernen, wenn ich mir nichts von ihr abschauen darf."

„Das werden wir schon hinkriegen. Ich habe vollstes Vertrauen, dass Sie Ihre ganz eigene Art finden werden."
„Soll ich Ihnen noch einen Kaffee bringen? Sie sehen müde aus", erlaubte sich Theresa nun zu sagen und meinte, kurz Verwunderung in Johns Gesicht ablesen zu können.

„Nein, aber es war ein langer Arbeitstag. Gehen Sie doch nach Hause. Morgen schauen wir, ob Sie noch einen Tag zu Cecil gehen oder ob wir das so hinbekommen werden."
„Danke, Mister Chandler."
„Ich wünsche Ihnen einen schönen Abend, Theresa. Unternehmen Sie noch irgendetwas?"
„Ich?", fragte Theresa beinahe schockiert. Was sollte sie schon noch vorhaben?
„Manche Menschen in Ihrem Alter tun das."

„Sie reden, als wären Sie gerade siebzig geworden",

gab Theresa zurück. Sie wollte nicht zugeben, dass sie nie ausging, keine Freunde hatte und ihr Leben auch sonst sehr trostlos war.

„Manchmal fühle ich mich auch so. Wir sehen uns morgen."

„Bis morgen. Einen schönen Resttag noch."

Am nächsten Tag erwartete John wieder ein frischer Kaffee auf seinem Schreibtisch, mit dem kleinen Unterschied, dass Theresa nun auch einen vor sich stehen hatte.

Zu ihrer Verwunderung hatte sie heute Morgen einen Kalender auf dem Tisch vorgefunden und ging nun mit John die Termine des Tages durch.

„Falls Sie zwischendurch Zeit haben, es gibt Dateien über die einzelnen Kunden mit Ansprechpartnern, die Sie durchsehen könnten, dann fällt es Ihnen leichter, alles zuzuordnen. Dawn wird nun gleich hier sein und Sie checken in der Zwischenzeit die E-Mails."

„Das mache ich."

Theresa entging der verdutzte Blick von John nicht, als er am Abend desselben Tages um kurz nach sieben aus seinem Büro heraustrat. Er hatte ihr bereits vor über einer Stunde frei gegeben.

„Ich … ich lese mich nur ein. Ich hoffe, das ist in Ordnung", stammelte Theresa, die seinen Blick nicht deuten konnte.

„In Ordnung."
Ihr Blick fiel auf die leere Kaffeetasse in seiner Hand.
„Darf ich Ihnen noch etwas bringen?"
„Nein, nein. Ich mache das schon selbst. Aber, Theresa, gehen Sie nach Hause. Sie müssen nicht alles an einem Tag lernen."

„Ich habe ja noch nicht so viel geleistet."
„Für den ersten Tag, den sie alleine arbeiten, haben Sie sehr viel geleistet, und jetzt los, treffen Sie sich mit Freunden, unternehmen Sie etwas Schönes. Das Leben ist zu schade, um so lange zu arbeiten."
„Sie arbeiten doch auch so lange."
„Ich habe auch keine andere Wahl. Also los."

Die Wochen vergingen schneller, als Theresa es gedacht hatte, und langsam, aber sicher schlich sich eine gewisse Routine zwischen ihr und John ein. Sie hatte jeden Abend länger gearbeitet und sich immer tiefer eingelesen, so dass sie John mittlerweile detaillierte Informationen geben konnte.
Und so war, ehe sie sich versah, der erste Monat im neuen Job geschafft. Als das Gehalt auf ihr Konto verbucht wurde, musste Theresa sich erst einmal setzen. So viel Geld hatte sie noch niemals zuvor in einem Monat verdient.

Am Morgen danach schwebte sie förmlich in ihr Büro. Mittlerweile bildeten sich keine neuen Blasen

mehr an ihren Füßen und sie fühlte sich deutlich wohler in ihrer Haut und den neuen Designerklamotten, die sie nun ihr Eigen nennen durfte.
Strahlend drehte sie sich zur Tür um, als diese von John geöffnet wurde. Wie jeden Morgen wartete sie dort mit dem gemeinsamen Kaffee und doch erschrak sie, als sie ihn heute Morgen sah. Er trug eine Sonnenbrille und an seiner Körperhaltung konnte sie sehen, dass es ihm nicht gut ging.
„Ist alles in Ordnung?“, fragte sie und erhob sich von ihrem Stuhl.
„Bestens. Was steht heute auf dem Programm?“, fragte John und streifte sich die Sonnenbrille ab. „Vielleicht zu viel“, erwiderte Theresa und sah in verklärte, müde und traurige blaue Augen. Sie hatte John noch nie zuvor so gesehen.
„Das lassen Sie mal meine Sorge sein, also, ich höre.“

Theresa begann, den Tagesablauf mit kurzen Informationen zu den Terminen durchzugehen, wobei sie immer und immer wieder aufblickte, um John anzusehen. Er saß stumm da, den Kopf auf seine linke Hand gestützt, der Kugelschreiber zitterte unübersehbar in seiner rechten Hand.
„Soll ich etwas absagen? Geht es Ihnen nicht gut?“

„Nein, es geht mir in der Tat nicht gut, aber die

Termine sind gesetzt und wir werden nichts absagen."
„Soll ich Ihnen irgendetwas bringen? Aspirin?"
„Nein!" Die Antwort war deutlich barscher als sonst.
„Dann ziehe ich mich jetzt zurück."

Verwirrt über den Wandel und sein Erscheinungsbild ließ sich Theresa hinter ihrem Schreibtisch nieder. Sie begrüßte Dawn wie jeden Morgen kurz und fragte sich, ob sie John wohl darauf ansprechen würde. Als Dawn nur zehn Minuten später wieder aus dem Büro kam, konnte sie keine Regung in ihrem Gesicht erkennen.
Theresa schaltete die gewünschte Telefonkonferenz und organisierte die E-Mails, wie an jedem anderen gewöhnlichen Tag auch.
„Theresa?" Sie zuckte zusammen, als ihr Name so unvermittelt über die Sprechanlage erklang. Er hatte sie noch niemals benutzt. Theresa schaute einen Moment lang darauf, bevor sie den Antwortknopf drückte.
„Mister Chandler."
„Würden Sie mir ein Wasser bringen?"
„Aber natürlich." Schnellen Schrittes lief sie zur Küche herüber, wo Emily sich gerade einen Kaffee holte. Bis dato waren sie sich kaum begegnet.

„Mister Chandler fühlt sich heute nicht gut, oder?", fragte Emily.
„Das müssen Sie ihn selbst fragen", antwortete Theresa neutral.

„Natürlich. Sie gewöhnen sich lieber daran und hören auf, sich Sorgen zu machen“, erklärte Emily und brachte Theresa dazu, nun doch aufzusehen.
„Ist er krank?“, fragte Theresa, wurde aber im selben Moment unterbrochen, als Cecil ebenfalls in die Küche hereintrat.
„Ihr jungen Dinger müsst nicht aufhören, euch zu unterhalten, nur weil ich hier hereinkomme“, sagte sie und ging zum Kühlschrank herüber. Emily nahm wortlos ihren Kaffee und verließ den Raum, ohne Theresa noch eines Blickes zu würdigen, und so eilte auch Theresa schnellen Schrittes mit dem Wasser zu Johns Büro. Noch immer hallte Emilys Satz in ihrem Kopf. Was, wenn er wirklich krank war? Er hatte sie eindeutig gebeten, sich nicht am Klatsch zu beteiligen.

So leise wie möglich schlich Theresa in Johns Büro, der gerade wütend den Telefonhörer auflegte. „Machen Sie sich bitte noch eine wichtige Notiz hinter Simon Muller in Ihren Ordner?“
„Natürlich. Was soll ich notieren?“
„Dass er ein verdammtes Arschloch ist“, entgegnete John und sah dann mit einem leichten Lächeln zu Theresa.
„Soll ich das wirklich notieren?“
„Das bleibt ganz Ihnen überlassen, aber ich denke, ich werde so schnell nicht vergessen, dass er ein Arschloch ist. Sagen Sie mir bitte, dass ich nicht auch noch

hunderte E-Mails bekommen habe, die auf mich warten.“

„Ich habe noch nicht alle durchgesehen, aber es sind viele.“ John seufzte und legte den Kopf an die Lehne seines Stuhls.

„Nehmen Sie bitte mein persönliches Handy mit. Ich möchte heute von nichts und niemandem gestört werden. Auch keine Telefonate, es sei denn, die Welt droht unterzugehen, okay?“

„Entscheide ich selbst, ob ich Ihnen etwas durchstelle?“

„Sehr richtig.“ John sah wieder zu Theresa herüber, die Unsicherheit in ihrem Blick war kaum zu übersehen. „Sie können nichts falsch machen. Ich kann alle Menschen zurückrufen.“

„Danke“, entgegnete Theresa lächelnd und verließ das Büro dann wieder.

Unweigerlich zuckte sie zusammen, als eine unbekannte Melodie auf ihrem Schreibtisch ertönte. „Wayne“ stand in großen Buchstaben auf dem Display. Mit gerunzelter Stirn überlegte Theresa kurz, ob es sich um einen Firmenklienten handelte, da der Anruf allerdings auf Johns privatem Handy einging, schloss sie dies aus.

„John Chandlers Apparat, Theresa Harding“, meldete sie sich freundlich.

„Hier ist Wayne, ist John zu sprechen?“

„Nein, Mister Chandler befindet sich gerade in einer wichtigen Besprechung."

„Hören Sie, es ist dringend, in Ordnung? Stellen Sie mich bitte durch." Theresa schabte mit ihrem Zeigefinger etwas Haut an ihrem Daumen ab, ein eindeutiges Zeichen für ihre Nervosität. Er hatte gesagt, dass er nicht gestört werden wollte.

„Hören Sie, Miss, ich nehme Ihnen Ihre scheinbar monumentale Entscheidung jetzt kurz ab. Sagen Sie ihm bitte, Wayne ist am Telefon."

„Einen Moment bitte." Theresa erhob sich von ihrem Stuhl, setzte sich dann allerdings wieder. Sollte sie nun zu ihm gehen, obwohl er nicht gestört werden wollte? Oder vielleicht doch lieber die Sprechanlage?

„Mister Chandler?" fragte sie zaghaft über die Anlage.

„Geht die Welt schon unter?" Sie liebte seine Art. Wieso hatte sie überhaupt Angst, ihn zu stören?

„Ich bin mir nicht sicher. Sie haben einen Anruf auf Ihrem privaten Handy, ein Mann namens Wayne möchte Sie sofort sprechen."

„Bringen Sie mir das Handy." Theresa hatte gerade die Hand an die Klinke gelegt, als John die Tür bereits aufriss. Zum zweiten Mal an diesem Tag erschrak sie bei einem Blick in sein Gesicht.

„Wayne!", sagte er direkt, als er das Telefon in der

Hand hatte, und schlug Theresa die Tür beinahe vor der Nase zu. Sie konnte nicht hören, worum es ging, und sah verwundert auf, als John wenige Minuten später mit seiner Jacke bekleidet aus dem Büro heraustrat.
„Sagen Sie alle Termine für heute ab und gehen Sie nach Hause!“, rief er Theresa im Gehen zu. Wie gerne sie ihn gefragt hätte, ob alles in Ordnung war.

Theresa hatte es sich gerade vor ihrem neuen kleinen Fernseher gemütlich gemacht, als ihr Telefon klingelte. Sie bekam keine Anrufe, außer sonntags von ihrer Mutter. Die fremde Nummer auf ihrem Handy ließ ihr Herz höherschlagen. Sie musste gegen die Tränen ankämpfen, die vor lauter Panik in ihre Augen getreten waren. Mit zitternden Händen nahm sie das Telefon zur Hand. Das Ja war zaghaft, voller Panik.
„Theresa?“ Sie erkannte Johns Stimme sofort.
„Mister Chandler“, erwiderte sie voller Erleichterung und ließ sich auf ihrer Couch zurücksinken. ER hatte sie nicht gefunden. Noch nicht.
„Können Sie morgen in mein Appartement kommen?“
„Ich … äh, ja, natürlich. Ist alles in Ordnung?“
„Ja.“ Seine knappe Antwort verdeutlichte ihr sofort, dass er nicht reden wollte, zumindest nicht mit ihr.
„7 Uhr. Haben Sie die Adresse?“
„Nein.“

„Ich schicke sie Ihnen per SMS auf Ihr Handy. Bis morgen.“ Noch ehe Theresa etwas entgegnen konnte, war die Leitung bereits wieder tot. Sie wurde einfach nicht schlau aus diesem Mann. Eigentlich war er freundlich, scherzte gerne, und doch wirkte er so traurig, noch nie hatte sein Lächeln wirklich seine Augen erreicht.

Ihr Handy blinkte auf, nichts als die Adresse. Noch nicht einmal eine Höflichkeitsformel.

# KAPITEL 3

Pünktlich um 7 Uhr am nächsten Morgen erreichte Theresa die angegebene Adresse. Mit ungläubigem Blick sah sie auf das Gebäude. 432 Park Avenue. Erst kürzlich hatte sie einen Artikel über diesen wahnsinnigen Wolkenkratzer gelesen. Hier lebte man nur, wenn man reich war. Extrem reich. Eigentlich war es keine wirkliche Neuigkeit. John war Juniorchef eines milliardenschweren Unternehmens, natürlich war er wohlhabend. Vermutlich sogar sehr wohlhabend. Und doch hatte Theresa das alles hier nicht erwartet.
Die Empfangshalle war riesig und erinnerte sie unweigerlich an ihre erste Begegnung mit John bei PT Chandler Modern Communications.

„Kann ich Ihnen helfen?“ Ein Mann saß hinter einem Tresen, der mickrig und verloren wirkte in der riesigen

Eingangshalle.
„Ich möchte zu Mister Chandler. John Chandler." Mit einem Blick überflog der Mann etwas auf dem Computer.
„Können Sie sich ausweisen?"

„Natürlich." Theresa kramte in ihrer Handtasche und reichte dem Mann namens Dave ihren Ausweis.
„Vielen Dank, Miss Harding. Mister Chandler erwartet Sie bereits. Bitte nehmen Sie den rechten Aufzug, Etage 86. Ich gebe schnell den Code ein."

Theresa stieg zögerlich aus dem Aufzug aus, der sie in einem kleinen Foyer herausließ. Sie trat durch die Glastür und fand sich Augenblicke später in einem großen Flur wieder. Flur sagte man vermutlich nur in Montana, doch sie hatte keine Ahnung, welche hippe Bezeichnung die Städter diesem opulenten Eingangsbereich gegeben hatten.
„Mister Chandler?", rief sie unsicher und Sekunden später tauchte eine ältere Dame am Ende des Ganges auf. „Wie kommen Sie hier rein?", fragte sie und wischte sich die Hände an einem Geschirrtuch ab. „Ich … wir haben ..." Theresa holte noch einmal Luft. Das alles hier schüchterte sie ein. „Ich bin Mister Chandlers persönliche Assistentin."
„Oh, Miss Harding. Das ist ja schön, dass ich Sie endlich einmal persönlich kennenlerne. Ich habe schon

viel Gutes über Sie gehört." Die Miene der älteren Frau hatte sich aufgehellt und sie kam nun mit einem freundlichen Lächeln und rosigen Wangen auf Theresa zu.

„Ich bin Mia."

„Schön, Sie kennenzulernen", erwiderte Theresa unsicher. Ob sie Johns Mutter war?

„Mister Chandler ist gleich so weit. Er ist noch in seinem Schlafzimmer. Möchten Sie auch etwas frühstücken?"

„Nein, danke, ich habe bereits gegessen."

„Gehen Sie doch in sein Büro. Ich denke, er müsste jeden Augenblick kommen. Soll ich Ihnen einen Kaffee bringen?"

„Kaffee wäre gut, ja."

„Latte Macchiato, Cappuccino?"

„Nein, einfach einen schwarzen Kaffee." Theresa konnte nicht verstehen, was die Leute in der Stadt an den ganzen Kaffeevariationen fanden. Zu Hause hatte sie ihren Kaffee auch immer schwarz getrunken. Damals, als sie noch ein Zuhause hatte.

Theresa ließ den Blick durch die Küche und das angrenzende riesige Wohn- und Esszimmer schweifen, doch es waren nicht die Dimensionen, die sie verblüfften, es war die Aussicht. Ganz New York City schien ihr zu Füßen zu liegen. Noch niemals in ihrem

Leben hatte sie eine solche Aussicht genießen können. „Es ist faszinierend, nicht wahr?“, fragte Mia und lächelte Theresa dabei an, die sich, noch immer mit einem ungläubigen Ausdruck auf dem Gesicht, herumdrehte.
„Als würde man in einem Flugzeug sitzen“, bestätigte sie und nahm dabei dankend den gereichten Kaffee entgegen.
„Ich könnte mir keinen schöneren und imposanteren Arbeitsplatz vorstellen. Man muss nur schwindelfrei sein, wenn man die Fenster hier drinnen putzt.“ Nun hatte sich also auch die Frage erledigt, ob Mia wohl Johns Mutter war. Natürlich war sie seine Haushälterin. Menschen mit diesem Status besaßen mit Sicherheit alle eine Haushälterin.
„Kommen Sie, ich zeige Ihnen das Büro.“ Theresa folgte Mia den Flur entlang in ein großes, helles Büro. Die Aussicht stand der im Wohn- und Esszimmer nicht im Geringsten nach. Theresa nahm auf einer weißen Couch Platz und betrachtete den Schreibtisch. Er wirkte mit der Milchglasplatte und den übergroßen Marmorblöcken wie in den Raum hereingemeißelt. Auch in diesem Raum konnte Theresa kein einziges persönliches Detail entdecken. Er wirkte genauso kahl und steril wie auch der restliche Teil des Appartements, den sie bis jetzt gesehen hatte.

Es dauerte noch eine Weile, bevor sich die Tür

wieder öffnete und John eintrat. Hier, in seinem Zuhause, war er mit einer Jeanshose und einem lässigen T-Shirt bekleidet, trug nicht die formelle Kleidung, die er im Büro immer anhatte. Die Schatten unter seinen Augen waren noch gewachsen und nun, da er nicht in einen perfekten Anzug gehüllt war, wirkte sein gesamtes Äußeres nicht mehr so perfekt und unantastbar. Die Haare waren noch feucht und der Raum wurde nur Sekunden nach seinem Eintreten von seinem Parfum erfüllt.
„Guten Morgen, Theresa", sagte er und setzte sich hinter seinen Schreibtisch.
„Guten Morgen, Mister Chandler. Ich hoffe, es geht ihnen besser." John sah nur kurz auf. Sein Blick sagte ihr mehr als tausend Worte. Er wollte nicht darüber sprechen.
„Entschuldigung. Ich wollte nicht indiskret sein. Ich muss solche Sachen noch lernen", sagte sie und sah dann auf ihr Notizbuch.
„Sie sind nur freundlich, Theresa. Wahrscheinlich bin ich das einfach nicht gewohnt", erwiderte John und fuhr dann seinen Laptop hoch.
„Gefällt Ihnen das Appartement?", fragte John, um die Wartezeit zu überbrücken.
„Die Aussicht ist sehr imposant", versuchte Theresa, eine ehrliche Antwort zu umschiffen.
„Aber?", fragte John direkt. Natürlich hatte er den

Unterton aus ihrer Stimme herausgehört.

„Mir gefällt es nicht."

„Ihnen gefällt es nicht?" Johns Stimme war eine Mischung aus Überraschung und Belustigung.

„Nein. Es ist mir viel zu kalt und steril."

„Wow." John lehnte sich mit einem Schmunzeln im Gesicht in seinem Bürostuhl zurück.

„Ich glaube, das habe ich noch nie gehört."

„Sie haben mich nach meiner Meinung gefragt", verteidigte sich Theresa.

„Ja, das stimmt, das habe ich. Ist Ihnen bewusst, dass Ihre Meinung teilweise messerscharf ist?"

„Wie ich schon sagte, ich muss wahrscheinlich noch viel lernen. In Montana ist man deutlich direkter als hier in der Stadt oder in diesen Kreisen."

„In diesen Kreisen?"

„Ich denke, die Kids in den Bars und Clubs sind anders."

„Punkt für Sie, Theresa. Also, es ist steril und kalt hier, ja?"

„Allerdings. Bis jetzt habe ich nicht ein persönliches Detail gesehen."

„Die Innenarchitektin hat sehr viel Geld gekostet."

„Sehen Sie, da ist doch schon das Problem. Wie soll denn eine Innenarchitektin Ihr Appartement persönlich einrichten? Das alles hier ist bestimmt sehr modern und stylisch, aber das ist nicht meine Welt, also gefällt es

mir nicht."
„Sie sind eine extrem außergewöhnliche Person, Theresa."

„Ich bin ein Landei, das ist alles."
„Und, was hat das Landei für heute mitgebracht?"
„Ich … ähm, nichts. Sollte ich etwas mitbringen?" John zog die Augenbrauen hoch.
„Wenn Sie die Termine für heute nicht im Kopf haben, dann sollten Sie zumindest Ihren Terminkalender dabeihaben."
„Verdammt!", fluchte Theresa und sah dann direkt erschrocken auf. Wahrscheinlich sollte sie vor ihrem Chef auch nicht derart fluchen.
„Also kein Terminkalender, schlussfolgere ich daraus?"

„Nein. Als sie angerufen haben, war ich bereits zu Hause und heute Morgen bin ich direkt hierhergefahren. Es tut mir leid, ich habe nicht daran gedacht."
„Sie konnten es ja auch nicht wissen. Vielleicht sollten wir doch anfangen, einen digitalen Kalender zu führen."

„Ich werde schnell ins Büro fahren und den Kalender holen, es gibt bestimmt Termine, die wir verschieben müssen, und ..."
„Rufen Sie Cecil an und sagen Sie ihr, dass sie alle Termine für heute absagen soll. Sie können die Termine

von gestern und heute am morgigen Tag neu vereinbaren."
„In Ordnung. Oh, … ich … ich habe die Nummer von Cecil nicht." Theresa betrachtete den immer noch relativ entspannten Gesichtsausdruck in Johns Gesicht.
„Okay, wissen Sie was? Ich rufe Cecil an, in der Zeit schauen Sie bitte meine E-Mails durch." Ein erneuter Schauer durchkroch Theresa.
„Sie haben doch Ihren Laptop dabei?"
„Ich besitze keinen Laptop, Mister Chandler."
„Geben Sie mir fünf Minuten." Mit diesen Worten erhob sich John von seinem Stuhl und verließ den Raum. Theresa schloss kurz die Augen. Sie hatte am heutigen Tag auf ganzer Linie versagt. Mit ein bisschen mehr Planung und Überlegung hätte sie dieser Situation mit Sicherheit aus dem Weg gehen können. Was, wenn er ihr nun kündigen würde?

Etwas mehr als fünf Minuten später öffnete sich die Bürotür erneut und John trat barfuß im Hemd und Anzughose ein.
„Würden Sie mir kurz mit den Manschettenknöpfen helfen? Ich kann Mia nicht auftreiben."

„Ich … es wäre nicht so, als hätte ich damit Erfahrungen."
„Das kriegen wir schon hin." John hielt Theresa den Manschettenknopf entgegen, die augenblicklich sehen

konnte, weshalb er ihre Hilfe benötigte. Der kleine Gegenstand zitterte in seiner Hand. Ohne darauf einzugehen, nahm Theresa den Manschettenknopf zur Hand und ließ sich von John erklären, was sie zu tun hatte.

„Was man als persönliche Assistentin nicht alles lernt, oder?“, fragte John und verließ dann den Raum wieder. Als er weitere drei Minuten später wieder hereinkam, sah er aus wie der John Chandler, dem Theresa normalerweise Tag für Tag gegenüberstand.

„Wollen wir?“, fragte er.

„Was genau ist denn unser Plan? Ich bin mir nicht sicher, ob ich verstanden habe, was jetzt vor sich geht“, räumte Theresa ein.

„Nun ja, es gibt nichts, was wir ohne Terminkalender oder Laptop tun könnten, also fahren wir ins Büro. Dort besorgen wir Ihnen einen Laptop in der IT-Abteilung und legen einen Outlook-Kalender an, damit wir für das nächste Mal, wenn ich entscheide, dass ich zu Hause bleiben möchte, einfach besser gerüstet sind.“

„Und Sie werden mich nicht rauswerfen?“

„Wieso um alles in der Welt sollte ich Sie rauswerfen? Für Fehler, die ich begangen habe? Gut, das wäre bei PT Chandler so üblich, aber nur beim Senior“, gab John zurück und deutete Theresa dann an, ihm zu folgen.

„John, du gehst doch arbeiten?“, fragte Mia sichtlich irritiert.

„So wie es aussieht.“
„Aber nach gestern solltest du nicht ...“
„Es ist alles in Ordnung. Danke, Mia“, fiel John ihr ins Wort.

Die Fahrt ins Büro verlief ungewohnt schweigsam. Theresa konnte sehen, dass John tief in seinen eigenen Gedanken versunken war, und wollte ihn nicht stören. John sog hörbar die Luft ein, als er in der obersten Etage ausgerechnet auf seinen Vater prallte, der gerade auf dem Weg zum Aufzug war.
„Du hast aber einen gemütlichen Start in den Morgen, was?“, fragte der Senior sofort, mit einem missbilligenden Unterton in der Stimme.
„Vater“, erwiderte John lediglich und machte keine Anstalten, innezuhalten.
„Hast du dich um die Sache mit Waynwright International gekümmert?“

„Ich bin dabei.“

„Du kennst die Konsequenzen, wenn der Deal den Bach runtergeht. Wir können nicht ...“
„Ja, Vater, ich weiß. Wenn du mich jetzt bitte entschuldigen würdest, ich habe einen Termin.“
„Dann würde ich mal früher anfangen zu arbeiten.“
„Es tut mir leid, das war alles meinetwegen“, entschuldigte sich Theresa sofort, als sie außer Hörweite waren.

„Glauben Sie mir, wir hätten auch um drei Uhr nachts auf ihn treffen können, es wäre trotzdem nicht genug gewesen, ignorieren Sie ihn einfach." Mit diesen Worten verschwand John in seinem Büro und ließ Theresa mit ihren Gedanken zurück an ihrem eigenen Schreibtisch.

Zur Mittagszeit traf Theresa in der Küche erneut auf Emily, die ebenfalls ihr mitgebrachtes Essen aus dem Kühlschrank nahm. Sie hatten sich heute Morgen nur kurz gesehen, doch Theresa hatte sie durch den Showdown zwischen John und seinem Vater noch nicht einmal richtig begrüßt.

„Mister Chandler hat vorgeschlagen, dass wir nach der Arbeit mal zusammen etwas trinken gehen." Theresa sah bei Emilys Worten auf und verschüttete beinahe ihr Dressing.

„Oh, das ist doch schön", erwiderte sie unsicher.

„Ich fand es eher verwunderlich. Hast du denn Interesse?"

„Ich … was?" Erneut sah Theresa mit gerunzelter Stirn auf.

„Na, mit mir etwas trinken zu gehen. Hast du überhaupt Lust?"

„Oh."

„Oh Gott, bitte sag mir nicht, du hast gedacht, Mister Chandler hätte mich gefragt, ob ich mit ihm etwas trinken gehe!" Emily lachte laut auf.

„Natürlich habe ich das gedacht, es hörte sich doch genauso an. Warum auch nicht?“

„Weil ich grundsätzlich niemals mit einer direkten Angestellten etwas trinken gehen würde“, unterbrach John ihre Konversation und goss sich eine Tasse Kaffee ein. Unwillkürlich musste Theresa feststellen, dass er weniger zitterte als noch am Morgen. Im Augenwinkel konnte sie sehen, wie Emily knallrot anlief. Das alles war ihre Schuld.

„Sollen Emily und ich uns arbeitstechnisch besser abstimmen?“, fragte Theresa und sah John dabei an.

„Nein, wieso? Sie haben doch kaum Überschneidungspunkte. Ich dachte nur, es wäre mal schön für Sie, etwas rauszukommen. Sie arbeiten nur und sind nicht von hier, da kann Ihnen Emily vielleicht ein bisschen die Stadt zeigen. Sie brauchen Anschluss, Theresa“, erklärte John und verschwand dann wieder aus der Küche.

„Wie fürsorglich. Unser Chef kümmert sich gut um seine persönliche Assistentin“, entfuhr es Emily.

„Also, wann hast du Zeit?“

„Frag mich lieber, wann ich keine Zeit habe“, gab Theresa zu.

„Wow. Da hat der Herr aber recht mit der dringend notwendigen Abwechslung. Also morgen Abend? Wir könnten in eine neue Lounge in Soho gehen. Magst du Lounge-Atmosphäre?“

„Äh, na ja … ich habe keinen blassen Schimmer."
„Meine Güte, Theresa! Wir fahren am besten direkt nach der Arbeit zusammen hin, okay?"
„Sehr gerne."

Am nächsten Morgen war Theresa gerade wieder im Vorraum angekommen, als Chandler senior um die Ecke bog. Sie konnte in seinem Gesicht bereits lesen, dass er erbost war.
„Mister Chandler, es tut mir sehr leid, aber Ihr Sohn ist gerade in einer wichtigen Telefonkonferenz und darf jetzt nicht gestört werden!", erklärte Theresa direkt.
„Bitte was? Verbieten SIE mir gerade, zu meinem Sohn zu gehen?" Der Ton war drohend und einschüchternd, doch Theresa schluckte ihre Angst herunter.
„Mister Chandler hat mir mitgeteilt, dass er nicht gestört werden möchte. Ich habe meine Anweisungen und erledige nur meinen Job. Entschuldigen Sie bitte, Sir."
„Na schön. Dann sagen Sie ihm bitte, dass er mich gleich anrufen soll, wenn er mit seiner ach so wichtigen Telefonkonferenz durch ist."
„Das werde ich ausrichten, Sir."

Theresa stieß hörbar Luft aus, als Mister Chandler senior aus ihrem Blickfeld verschwunden war. Es gab keine Telefonkonferenz, sie hatte einfach nur John vor einem Gespräch mit seinem Vater schützen wollen,

speziell nachdem sie seinen Gesichtsausdruck gesehen hatte.
„Theresa, Sie sollten die Gegensprechanlage ausschalten, wenn wir alles besprochen haben."
Theresas Blick schnellte nach oben und traf Johns, der lässig in seiner Bürotür lehnte.
„Oh mein Gott, Mister Chandler, es tut mir so leid! Ich wollte ihn nur von Ihnen fernhalten, da es ja noch keinen Durchbruch bei Mister Waynwright gibt und Sie vielleicht morgen Nachmittag in dem Meeting mehr erzielen können."
„Das war meisterhaft. Durchsetzungsstark, höflich - und das bei meinem Vater. Sehr gute Arbeit." Das Grinsen auf Johns Gesicht war nicht zu übersehen.
„Dann bin ich erleichtert."
„Ich auch, das können Sie mir glauben. Apropos Waynwright, haben Sie die Informationen für mich?"
„Aber natürlich. Ich habe eine Mappe zusammengestellt."
„Sehr schön. Haben Sie sich mit Emily verabredet?"
„Ja, wir wollen heute ausgehen."
„Nehmen Sie sich frei, sobald Emily mit ihrer Arbeit fertig ist, verstanden? Sie müssen sich auch mal einen schönen Abend machen." Mit diesen Worten verschwand John wieder in seinem Büro und Theresa erlaubte sich endlich zu lächeln. Es tat gut zu wissen, dass er wirklich zufrieden war mit ihrer Arbeit.

Wie erwartet fühlte sich Theresa unwohl in ihrer Haut, als sie gemeinsam mit Emily die Lounge betrat. Sie nahmen in einer Ecke auf ein paar Kissen Platz und Theresa fragte sich inständig, was die Leute daran mochten. Auf einem Stuhl würde man deutlich bequemer sitzen.

Theresa blätterte durch die gereichte Karte und beschloss, sich ausnahmsweise einmal einen Cocktail zu gönnen und nicht beim kostengünstigsten Mineralwasser auf der Karte zu bleiben.

„Darf ich ehrlich sein?“, fragte Emily und sah Theresa an, nachdem sie bestellt hatten.

„Aber natürlich. Ehrlichkeit ist etwas, das ich hier in New York am meisten vermisse, also bitte.“

„Ich frage mich, warum Mister Chandler, ich nenne ihn der Einfachheit halber jetzt mal John, das alles hier arrangiert hat. Ich arbeite jetzt seit zehn Jahren bei PT Chandler, lange bevor John in die Firma gekommen ist, und er hasst es, wenn Mitarbeiter sich treffen oder überhaupt miteinander sprechen, und dann organisiert ausgerechnet er ein Treffen zwischen seiner persönlichen Assistentin und mir? Ich verstehe das nicht.“

„Er spricht sehr gut von dir.“

„Ja, das mag sein. Ich habe ihm auch bis dato keinen Grund gegeben, nicht gut über mich zu sprechen, aber ich steige nicht dahinter, warum er uns zusammenbringt. Ich frage mich die ganze Zeit, ob er vielleicht will, dass wir über ihn und die Firma reden."

„Wie meinst du das?" Theresa runzelte verwirrt die Stirn. Sie hatte sich kein Gedanken darüber gemacht, wieso John das Treffen zwischen ihnen eingefädelt hatte. Genau genommen hatte sie wirklich geglaubt, dass er wollte, dass sie einmal rauskam. Jetzt, wo Emily allerdings die Argumente anbrachte, konnte sie ihre Skepsis nur teilen.

„Es gibt viele Dinge, über die du absolut nichts weißt, und ich frage mich, ob John wohl möchte, dass du es weißt, es dir aber nicht selbst erzählen will."

„Das wäre durchaus möglich, aber vielleicht will ich das auch alles gar nicht wissen. Mich interessiert das alles nicht. Wenn es etwas gibt, was ich wissen muss, dann kann John mir das auch persönlich sagen. So sehe ich das zumindest. Es gibt nur eine Sache, die mich interessiert und auf die ich eine Frage brauche, und diese Frage habe ich dir bereits gestellt."

„Ja, aber die Antwort darauf ist nicht so einfach." Emily verstummte, als ihre Cocktails gebracht wurden, und nahm wie Theresa einen kräftigen Schluck.

„Du hast bestimmt schon mitbekommen, dass das Verhältnis zwischen John und PT Chandler nicht das beste ist."

„Ja, das ist mir wohl schon aufgefallen."

„Genau genommen ist das Verhältnis ein Desaster. Die beiden hassen sich abgrundtief“, brachte Emily Theresas Beobachtungen auf den Punkt.

„Wieso hat PT Chandler ihn dann als seinen Nachfolger in die Firma geholt, so dass er mit ihm zusammenarbeiten muss, anstatt sich einfach aus dem Weg gehen?“

„Oh, das hat er nicht. John hat sich in die Firma eingeklagt und versucht jetzt verzweifelt, seinem Vater zu zeigen, dass er es draufhat.“

„Oh.“ Nun wurde Theresa doch hellhörig.

„John hat einen älteren Bruder, Arthur Chandler. Er war der ‚würdige Nachfolger‘, zumindest wenn man PT Chandlers Worten lauscht. Er hat immer nur von Arthur gesprochen und Arthur war schon als Nachfolger eingetragen, war in der Firma beteiligt, während kaum jemand wusste, dass es auch einen anderen Sohn gab.“

„John“, sagte Theresa nun.

„Ja, genau, John.“

„Und wieso sitzt John dann jetzt da, wo er sitzt, und nicht Arthur?“

„Es war vor ungefähr fünf Jahren. Ich sollte gerade persönliche Assistentin von Arthur werden, der nun voll in die Firma mit einsteigen sollte, da kam eines Morgens der Anruf. Arthur und John sind bei einem illegalen Autorennen verunglückt, John saß am Steuer.“

„Oh Gott, ist er gestorben?“, fragte Theresa sofort und nahm einen großen Schluck von ihrem Cocktail. Der Alkohol brannte in ihrer Speiseröhre.

„Nein, deutlich schlimmer. Er hat schwere Hirnschädigungen davongetragen. Nach Wochen und Monaten im Koma ist er als kompletter Pflegefall wieder wach geworden. John war ebenfalls lange im Krankenhaus, ist aber, wie man sieht, deutlich glimpflicher davongekommen als sein Bruder.“

„Mein Gott.“ Theresa hatte Mühe, ihr Entsetzen zu verbergen.

„Man weiß wie gesagt nicht viel über John, da Arthur immer der Kronprinz war. Was ich gehört habe, ist, dass sein Vater ihm alle Konten gesperrt hat, die Beziehung zu seiner langjährigen Freundin ist zerbrochen und er muss ziemlich weit unten gewesen sein, bis er sich in die Firma eingeklagt hat und entsprechend beteiligt werden musste.“

„Er sah neulich wirklich elendig aus und hat stark gezittert. Sind das Folgen des Unfalls?“

„Soweit ich weiß, hat er keine Folgen davongetragen, außer, dass er seinen linken Arm nicht vollständig bewegen kann.“ Theresa schloss kurz die Augen. Es war ihr noch niemals aufgefallen. „Es gibt immer mal wieder Tage, an denen es John nicht gut zu gehen scheint. Ich habe aber keine Ahnung, warum oder weshalb. Ich weiß nur, dass es mal häufiger vorkommt und dann wochenlang gar nicht. In den letzten Monaten war er wirklich gut drauf, bis vor ein paar Tagen, aber das hast du ja selbst mitbekommen."

„Die Geschichte ist fürchterlich."

„Ja, aber es erklärt, warum die Beziehung der beiden so ist, wie sie ist."

„Allerdings. Weiß man denn, wie es Arthur jetzt geht?"

„Das Letzte, was ich gehört habe, war, dass er in einem Pflegeheim lebt. Seit dem Unfall hat nie wieder jemand von ihm gesprochen."

„Wie traurig." Theresa sah verwundert auf ihr leeres Cocktailglas. Vermutlich hatte sie die Wirkung des Alkohols bei den Schilderungen von Emily gebraucht.

„Verständlicherweise hasst John es, wenn man über diese Sachen redet. Das erklärt, weshalb ich mich so wundere, dass er uns zusammengebracht hat."

„Wahrscheinlich damit ich alles etwas mehr verstehe", murmelte Theresa und versuchte selbst, sich einen Reim aus den Dingen zu machen. John hatte also so viel Vertrauen in sie, dass sie Bescheid wissen durfte über wahrhaft grauenhafte Dinge seiner Vergangenheit, doch wieso konnte er nicht selbst mit ihr darüber reden?

Auch wenn Theresa es sich nicht eingestehen wollte, so

genoss sie es doch unheimlich, den Abend mit Emily zu verbringen. Seit Monaten hatte sie nicht mehr so viel mit einem anderen Menschen gesprochen und gelacht. „Ich plane gerade mit ein paar Freunden essen zu gehen, wieso kommst du nicht einfach mit uns? Ich habe auch noch hübsche Single-Freunde. Es kann nicht sein, dass du deine Abende mutterseelenalleine in dieser wunderbaren Stadt verbringst."

„Ist das dein Ernst?"

„Hör zu, Theresa, du bist echt in Ordnung. Ein bisschen anders, aber das Landei kriegen wir schon noch aus dir raus", lachte Emily und nahm Theresa zur Verabschiedung in den Arm.

So erheitert und berauscht Theresa auch von ihrem Abend mit Emily war, so schnell nahmen die Realität und die Panik wieder Besitz von ihr, als sie sich alleine auf der dunklen Straße wiederfand. Ihr Herz hämmerte bis zum Hals und sie versuchte, die Panik herunterzuschlucken. Immer wieder sah sie sich um, sah IHN überall. Mit Tränen in den Augen begann sie zu rennen, so schnell, wie es ihre High Heels zuließen. An der nächsten belebten Kreuzung riss sie den Arm nach oben und hoffte, dass so schnell wie möglich ein Taxi anhalten würde. Sie konnte die brennenden Blicke der Leute spüren und doch war sie sich sicher, dass niemanden ihre Tränen wirklich interessierten. Als sie schlussendlich ihre Adresse auf dem Rücksitz eines

Taxis stammelte, konnte sie den Blick des älteren farbigen Mannes im Rückspiegel sehen.

„Alles in Ordnung, Ma'am?“

„Ja, danke“, entgegnete sie mit einem falschen Lächeln. Nichts war in Ordnung. ER war noch immer dort draußen, zerstörte noch immer ihr Leben, obwohl ihm das schon vor Monaten gelungen war.

# KAPITEL 4

Zeitgleich saß John in seinem stillen Appartement und blickte gedankenverloren hinaus auf die glitzernden Lichter der Stadt. Er wusste nicht, wann er die Stadt imposanter fand, im Hellen oder im Dunkeln. Der Drink in seinem Glas schwappte zu seiner Zufriedenheit nun nicht mehr hin und her, das Zittern war endlich verebbt.

Seine Gedanken schweiften ab zu Montana – Theresa, ermahnte er sich selbst. Irgendwann würde der Tag kommen, an dem er sie auch wirklich so nennen würde. Wahrscheinlich wüsste sie nun alles über ihn und sein verkorkstes Leben. Der Gedanke daran beruhigte ihn auf eine unnatürliche Art und Weise. Seit Jahren versuchte er alle Gespräche über die Geschehnisse zu unterbinden, hatte sogar eine seiner Assistentinnen gefeuert, weil er mitbekommen hatte, wie sie sich an dem Klatsch und Tratsch beteiligt hatte. Mit den Monaten und dank seines harten Durchgreifens war es ruhiger geworden, obwohl er sich denken konnte, dass sie hinter vorgehaltener Hand immer noch tratschten. Vielleicht interessierte es aber nach all den Jahren auch einfach niemanden mehr. Vielleicht hatten sie alle Arthur bereits vergessen. Und doch wollte er, dass Theresa es wusste. Er wollte, dass sie die dunklen Züge seines Wesens deuten konnte, denn er wusste, wie sehr sie diese verwirrten. Zu deutlich hatte er es in ihren Augen und an ihrer Körperhaltung gesehen, doch er hatte nicht mit ihr darüber reden können. Wahrscheinlich würde er das niemals können. Seit jenem Tag hatte niemand wieder ein Wort über Arthur verloren.

John fuhr seinen Laptop hoch und beschloss, weiterzuarbeiten. Er würde den Deal erfolgreich abschließen und sich keine weitere Häme von seinem Vater anhören, auch wenn er wusste, dass sein Vater diese nie unterlassen würde. Es war die einzige Kommunikation, die zwischen ihnen überhaupt noch zustande kam.

Ein tiefes Gähnen ließ seinen Körper erschaudern und doch dachte er nicht über Schlaf nach. Er hasste die Nächte, seit fünf Jahren hatte er jede einzelne von ihnen gehasst. Es gab keine Nacht, in der er den Unfall nicht noch einmal erlebte, keine Nacht, in der er seinen Bruder nicht schreien hörte – das letzte Geräusch, das je Arthurs Mund entweichen würde.

Theresa fühlte eine Welle der Unsicherheit in ihrem Körper aufsteigen, als sie das Büro am nächsten Morgen betrat. Wie sollte sie sich John gegenüber verhalten? Sollte sie ihm signalisieren, dass sie alles wusste, würde er sie darauf ansprechen? Würden sie einfach schweigen? Fluchend musste Theresa feststellen, dass der Kaffee bereits über die Tasse gelaufen war. Schnell holte sie ein Tuch, um die Misere zu beseitigen. Wahrscheinlich würde John ihr bereits aus einem Kilometer Entfernung ansehen, dass sie Bescheid wusste.
John betrat pünktlich auf die Minute, wie jeden Morgen, sein Büro und Theresa konnte erleichtert feststellen, dass es ihm gut zu gehen schien.
„Hallo, Theresa. Na, nicht zu viele Cocktails getrunken gestern Abend?", fragte er und ließ sich auf dem Bürostuhl nieder.
*Also spricht er es doch an,* dachte Theresa und versuchte, scharf nachzudenken, ob es schlau war, nun in die Offensive zu gehen, oder nicht.

„Es war sehr schön", brachte sie heraus und sah dann auf.
„Irgendetwas, worüber Sie sprechen möchten? Ich kann

mir denken, dass sie auch über mich und die Situation bei PT Chandler gesprochen haben."
„Ich bin mir nicht sicher … wieso haben Sie dieses Treffen arrangiert?" Theresa konnte die brennende Frage nicht länger zurückhalten.

„Ich denke, es ist gut, wenn Sie mich besser kennen, immerhin sind Sie meine persönliche Assistentin."
„Warum haben wir dann nicht direkt darüber gesprochen?"
„Hören Sie, Theresa, ich bin wirklich nicht gut bei so etwas. Ganz im Ernst war ich mir bis zur letzten Sekunde unsicher, ob es überhaupt eine gute Idee ist, wenn Sie alles erfahren, aber ...", John holte tief Luft, er würde diesen Vorstoß nun wagen, „... aber ich vertraue Ihnen und ich weiß Sie als meine persönliche Assistentin sehr zu schätzen." Theresa weitete die Augen bei seinen Worten, die Hitze in ihrem Kopf verriet ihr, dass ihre Wangen errötet waren.

„Danke", brachte sie lediglich hervor und fühlte einen Schauer über ihren Rücken laufen, bei dem deutlich zu langen Augenkontakt. Als sie diesen schlussendlich unterbrach, war sie froh, Johns unbekümmerte Stimme zu hören:
„Gut, also, was liegt für heute an? Ich denke, wir sollten anfangen, bevor uns Dawn mit ihrer Gesellschaft beglückt."

Theresa zählte die Termine des Tages auf, bevor sie

zu dem mit Rot umkreisten und fett markierten Termin in ihrem Kalender kam.
„15 Uhr, Mister Waynwright.“
„Ich möchte, dass Sie den Raum, die Präsentation und all meine Unterlagen gut vorbereiten, in Ordnung? Es hängt wirklich eine Menge von diesem Deal ab“, stellte John klar und das Klopfen an der Tür signalisierte das Ende ihres morgendlichen Gesprächs.
Theresa konnte die Aufregung über den „15 Uhr - Termin“, wie sie es in ihrem Kopf mittlerweile nannte, schon den ganzen Morgen spüren. Sie wusste, welcher Druck auf Johns Schultern lastete.
Mit einem nervösen Blick auf die Uhr musste Theresa um 14.55 Uhr feststellen, dass von John noch immer jede Spur fehlte. Unruhig sah sie auf, als Emily mit dem besagten Mister Waynwright und seinem Gefolge den Raum betrat. Ein kurzer Blick auf Emily, gefolgt von einem Schulterzucken, signalisierte ihr, dass sie John ebenfalls noch nicht gesehen hatte.

„Mister Waynwright. Es ist schön, Sie persönlich kennenzulernen. Mein Name ist Theresa Harding, ich bin Mister Chandlers persönliche Assistentin“, versuchte Theresa das Eis zu brechen und streckte selbstsicher ihre Hand aus.
„Miss Harding. Es ist schön, zu sehen, dass sich hinter der sehr freundlichen Stimme auch ein sehr freundliches Gesicht verbirgt.“ Das breite Lächeln von

Mister Waynwright gab den Blick frei auf perfekt weiß gebleichte Zähne, die allerdings auch nicht von seiner Halbglatze und dem gut gefütterten Bauch ablenken konnten.

„Bitte nehmen Sie doch Platz. Ich habe alle Unterlagen vorbereitet und auf Ihren Platz gelegt. Mister Chandler wird jede Minute hier sein, ein wichtiges Telefonat hat sich etwas verschoben. Kann ich Ihnen sonst noch etwas bringen?“

„Nein, Miss, es ist alles zu unserer Zufriedenheit“, versicherte Waynwright und Theresa verließ den Raum mit dem gekünstelten Lächeln auf ihrem Gesicht, das sie direkt ablegte, als sie die Milchglastür hinter sich geschlossen hatte. Nervös blickte sie den Gang hinauf, keine Spur von John. Mit schnellen Schritten eilte sie zu seinem Büro herüber und klopfte entschlossen an die Tür, nur um keine Antwort zu erhalten.

„Mister Chandler!“, rief sie erneut. Nichts. Ohne weiter zu überlegen, drückte sie die große Tür auf und fand John am Telefon, er wirkte blass, besorgt und aufgewühlt, als sein Blick Theresas traf. „Eine Sekunde. Bleib bitte kurz am Apparat, Wayne, okay?“

„Mister Chandler, es tut mir wirklich leid, aber Mister Waynwright wartet auf Sie.“

„Was? Oh verdammt!“ Ein Blick auf die Uhr reichte. „Ich ...“, stammelte John und sah dabei wieder auf sein Telefon. Sein Privathandy, wie Theresa nun feststellte.

Wieder dieser Wayne.
„Soll ich Dawn informieren?“
„Nein. Meine Güte, schaffen Sie es, Waynwright noch etwas hinzuhalten?“
„Ich kann es versuchen.“

„Dann versuchen Sie es.“
John klang nicht unhöflich, lediglich vollkommen aufgewühlt. Theresa schloss die Bürotür hinter sich und atmete kurz durch. Sie würde sich nun keine Sorgen um John machen und sich auch nicht fragen, was hier los war. Der Termin war nun das Einzige, was zählte, und sie würde alles in ihrer Macht Stehende dafür tun, dass er auch gelingen würde.

Schnellen Schrittes eilte Theresa wieder in den Konferenzraum. Was auch immer geschehen war, in diesem Zustand würde John niemals in der Lage sein, das Meeting zu einem erfolgreichen Ausgang zu bringen.
„Mister Waynwright, ich bin untröstlich, Mister Chandler ist immer noch in diesem Telefonat gefangen. Wissen Sie, es war meine Schuld. Ich bin noch recht neu und hatte keine Ahnung, was ich ihm mit dem Anruf antun würde“, berichtete Theresa mit gekünsteltem Lächeln.

„Ich hoffe, der gute John reißt Ihnen nicht den Kopf ab“, erwiderte Waynright und lehnte sich in seinem Stuhl zurück. Ein klares Signal, dass er bereit war,

Small Talk zu betreiben.
„Nein, das wird er nicht, da bin ich mir sicher. Zumindest nicht, solange Sie ihn mir nicht abreißen, oder ihm."
„Sie sind mir zu sympathisch, als dass ich das tun würde, Miss Harding."
„Wissen Sie, hier in diesem Job gibt es so viele neue und interessante Dinge, da fällt es einem schon mal schwer, den Überblick zu behalten, ganz so, wie in dieser großen, wahnsinnigen und doch faszinierenden Stadt."
„Ach, Sie kommen nicht aus New York?"
„Nein, Sir."
„Aber Sie haben doch hoffentlich schon ..." Theresa ließ sich zufrieden in ihrem Stuhl gegenüber von Waynwright zurücksinken. Nun hatte sie ihn genau dort, wo sie ihn haben wollte. Lass die Menschen einfach über New York philosophieren, dann haben sie genug zu erzählen. So viel hatte sie in ihrer Zeit hier bereits gelernt.

Als die Tür zum Konferenzraum nach weiteren zehn Minuten geöffnet wurde, war Theresa gerade an dem Punkt angelangt, an dem sie stolz feststellen musste, dass sie schallend lachen konnte, ohne es auch nur ansatzweise so zu meinen. Langsam, aber sicher wurde vielleicht doch eine richtige Städterin aus ihr.

„Timothy, entschuldigen Sie bitte die unangenehme Verspätung“, begann John direkt und Theresa traute ihren Augen nicht. Nichts war mehr übrig von dem zerstörten Erscheinungsbild, das John noch vor Minuten dargeboten hatte. Selbstsicher, strahlend, frisch und gut aussehend stand er nun da und reichte seinem wichtigen Kooperationspartner die Hand.

„Machen Sie sich keine Vorwürfe, John, und besonders der zauberhaften Miss Harding nicht. Es war wirklich überaus interessant und bereichernd.“

„Ich werde die Herrschaften dann jetzt alleine lassen“, verabschiedete sich Theresa schnell und war froh, als sie endlich die Tür zum Raum der gespielten Freundlichkeit hinter sich schließen konnte.

Auf ihrem Schreibtisch fand Theresa beide Handys von John, zusammen mit einem großen handgeschriebenen Zettel.

*Bei Anruf von Wayne, sofort aus der Konferenz holen!*

Schon wieder dieser Wayne.

Zu Theresas Erleichterung blieb das Telefon stumm. Sie versuchte sich auf eine E-Mail zu konzentrieren und doch schweiften ihre Gedanken immer wieder zu John ab. Wie das Meeting wohl verlief, ob er Waynwright wohl überzeugen konnte, wie es ihm wohl ging, was wohl los gewesen war?

Als John nach geschlagenen zwei Stunden in ihr Blickfeld zurückkehrte, war Theresa überrascht, ihn so fit, vital und frisch zu sehen. Nach dem Anblick in seinem Büro vor dem Meeting hatte sie mit einem deutlich anderen Erscheinungsbild gerechnet.

„Und, wie ist es gelaufen?“, fragte sie sofort und stand von ihrem Bürostuhl auf.

„Sagen wir mal so, ich hoffe, Sie haben heute Abend keine Pläne.“

„Nein, das habe ich nicht. Müssen wir noch etwas ausarbeiten?“

„Nein, nicht einmal ansatzweise. Wir werden feiern gehen.“

„Feiern? Wir?“ Theresa weitete überrascht die Augen.

„Oh ja, feiern. Oder besser gesagt essen, mit unserem neuen Fusionspartner Timothy Waynwright.“

„Also hat es geklappt?“

„Es hat geklappt.“ Theresa klatschte freudig in die Hände und versuchte schon Sekunden später, nicht wie ein ausflippender Teenager zu wirken.

„Also, gehen Sie nach Hause, ziehen Sie sich um und dann hole ich Sie um acht Uhr ab. Es ist Mister Waynwrights ausdrücklicher Wunsch, dass Sie an dem Essen teilnehmen. Theresa, Sie haben mich gerettet und den alten Waynwright eindeutig überzeugt. Ich bin beeindruckt. Vielen Dank.“

Zum zweiten Mal an diesem Tag fühlte Theresa das

Blut in ihrem Kopf pulsieren.

„Schon Feierabend?“, fragte Emily überrascht, als ihr Theresa kurze Zeit später entgegenkam.
„Ich muss mich umziehen. Der Waynwright-Deal ist zustande gekommen, wir gehen heute Abend essen.“
„Wer ist wir?“
„Mister Chandler, Mister Waynwright und ich.“
„Das ist nicht dein Ernst!“ Emily sah zugegebenermaßen überrascht aus.
„Ich kann es selbst nicht glauben.“
„Hat John dich auf unseren Abend angesprochen?“
„Und ob … Emily, hättest du vielleicht Zeit und Lust, mir bei meinem Make-up und den Haaren zu helfen? Du siehst immer perfekt aus und ich kann schlecht so zu diesem Treffen gehen.“
„Klar! Ich habe noch genug Überstunden. Komm, wir machen uns auf den Weg. Und dann will ich alles wissen.“

Theresa zuckte zusammen, als es am Abend an ihrer Tür klingelte. Sie hatte lange vor dem Spiegel gestanden und sich dennoch nicht wiedererkannt. Schritt für Schritt war sie zu der Theresa Harding geworden, die sie nun im Spiegel ansah. Perfektes Kleid, perfekte Schminke und eine perfekte Frisur. Ihr Ebenbild raubte ihr langsam die letzten Erinnerungen

an Theresa Harding aus Montana, in ihrem Blaumann mit Gummistiefeln. Emily hatte ihr eine mehr als elegante und doch mädchenhafte Frisur geflochten und sie passend zu ihrem blauen Kleid geschminkt, wobei der rote Lippenstift ihre vollen Lippen betonte.
Auf dem Weg durch den dreckigen kleinen Flur nach unten fragte Theresa sich, was John wohl gerade dachte, in dieser Gegend, vor diesem heruntergekommenen, alten Haus. Als sie auf die Straße trat, fehlte von ihm jede Spur. Theresa sah nach rechts und konnte einen Wagen mit offener Tür erkennen. Sie ging schnellen Schrittes herüber und war überrascht, John ebenfalls auf dem Rücksitz vorzufinden.

„Hallo, Theresa", sagte er mit einem einladenden Lächeln, als Theresa neben ihm Platz nahm. Ein kurzer Blick in den Spiegel genügte ihr, um festzustellen, dass ER nicht der Fahrer war, der sie und John am heutigen Tag zu dem Essen fahren würde.

„Hallo, Mister Chandler."

„Theresa, Sie sehen atemberaubend aus. Das Make-up steht Ihnen hervorragend."

„Vielen Dank." Wie oft sollte sie an diesem Tag eigentlich noch erröten?

„Der alte Waynwright wird einen Herzinfarkt bekommen. Für einen Mann in seinem Alter ist ein solcher Anblick bestimmt nicht gut fürs Herz."

„Mister Chandler, ich werde gleich rot."

„Sie sind rot", entgegnete John und Theresa stimmte in sein amüsiertes Lachen ein. Er wirkte so unbeschwert und frei, so vollkommen anders als noch vor ein paar Stunden. Dieser Mann war ein Rätsel für sie.

„Wie alt ist Mister Waynwright? Er kam mir nicht so unendlich alt vor."

„Ist er auch nicht. Der Gute wird nächste Woche siebenundvierzig, aber sein Cholesterinwert ist bereits siebenundsechzig, das zumindest sagt er von sich selbst."

„Dann ist es passend, dass wir heute Abend essen gehen. Mister Chandler … ich habe etwas Angst, mich zu blamieren. Ich habe keine Ahnung, was dort auf mich zukommt."

„Seien Sie einfach Sie selbst, Theresa, dann kann gar nichts schiefgehen."

Als sie vor dem sehr formell und schick wirkenden Restaurant ausstiegen, wurde ihnen bereits die Tür geöffnet.

„Mister Chandler, Ma'am, ich wünsche Ihnen einen schönen guten Abend. Darf ich Sie zu Ihrem Tisch geleiten?" John nickte kaum wahrnehmbar und Theresa folgte mit einem schmunzelnden Lächeln und der Frage in ihrem Kopf, was passieren würde, wenn man an

dieser Stelle einfach mal Nein sagen würde.
Mister Waynwright wartete bereits am Tisch und erhob sich höflich, als er Theresa und John erblickte.

„Meine Liebe, Sie sehen ja noch hinreißender aus als an Ihrem Arbeitsplatz. John, Sie haben da eine echte Perle“, legte er direkt los und küsste Theresas Hand, was diese mit geweiteten Augen beobachtete. Ein Handkuss? Das kannte sie nun wirklich nur aus, zugegeben schlechten, Filmen.
Theresa bestellte sich einen Weißwein und nahm die gereichte Speisekarte zur Hand, nur um Sekunden später fragend aufzublicken und dabei Johns Blick zu treffen. Über ihre Verunsicherung ignorierte sie sogar die zitternde Speisekarte in seiner Hand.

„Theresa, wenn ich Ihnen einen Tipp geben dürfte, Sie müssen unbedingt die Challans-Ente in Kombination mit dem Chinakohl à l'orange probieren. Ein Gedicht.“
„Und als Vorspeise den Coquille Saint-Jacques, wenn ich mich an die Empfehlung anschließen dürfte“, ergänzte Waynwright, vertieft in seine Karte. Theresa sah kurz auf und konnte John inbrünstig schmunzeln sehen.
„Danke“, formte sie mit ihren Lippen und bekam ein kurzes Nicken als Antwort.

„Wissen Sie was, meine Herren, ich verlasse mich ganz auf Sie“, erklärte Theresa und klappte ihre Karte zu. Es gab nichts, was sie aus Prinzip nicht aß, also würde sie auch nicht viel falsch machen können.

Das Essen verlief gesprächig, unkompliziert und äußerst amüsant. Theresa genoss jeden Bissen dieses vorzüglichen Essens.
Von Zeit zu Zeit erwischte sie sich dabei, wie sie an Johns Lippen hing. Es beeindruckte sie, seine Art über einen so langen Zeitraum beobachten zu können. Es war nichts Neues für sie, dass er redegewandt, smart und witzig war, doch unweigerlich erfuhr sie in diesem Gespräch weitere private Dinge über ihn. So wusste sie nun, dass er eine eigene Yacht besaß und nichts mehr liebte, als draußen auf dem Meer zu sein. Des Weiteren hatte sie erfahren, dass er sich nicht für Sportarten interessierte und sich selbst nicht sonderlich sportlich betätigte, wovon sie aufgrund seines perfekten Aussehens immer ausgegangen war.

Und sie hatte gelernt, dass John ziemlich viel zu vertragen schien, denn im Gegensatz zu sich selbst merkte sie ihm die vielen Gläser Wein nicht an, geschweige denn den Cognac, der ihr spätestens den Rest gegeben hätte.
Auf dem Weg zurück zum Wagen hatte sie unweigerlich Angst, zu schwanken. An der Garderobe half John ihr galant in ihren Blazer und Theresa spürte eine Gänsehaut auf ihrer Haut, als seine Hände kurz

ihre Arme berührten.

„Theresa, Sie haben sich wunderbar geschlagen“, stellte er anerkennend fest, nachdem der Fahrer seine Tür ebenfalls geschlossen hatte.

„Wenn Sie mir nicht mit der Speisekarte aus der Patsche geholfen hätten, dann wäre das Ganze in einem Desaster geendet.“

„Lassen Sie mich raten, in Montana haben die Dinge bodenständigere Namen, habe ich recht?“

„Ja, wieso auch nicht? Mal im Ernst, warum muss ich Gerichten Namen geben, die kein Normalsterblicher versteht? Sie können mir doch nicht erzählen, dass Sie wissen, was hinter all diesen Namen steckt!“

„Ich bin so aufgewachsen.“

„Es gibt viele Dinge in der Stadt, die ich niemals verstehen werde.“

„Die da wären?“

„Ach, nichts Besonderes.“

„Los, Theresa, jetzt haben Sie mich neugierig gemacht. Lassen Sie mich an Ihren Beobachtungen teilhaben.“

„Wieso lächeln Menschen sich an, obwohl sie es gar nicht so meinen? Wieso fragen mich die Menschen in einem Kaffeeladen nach meinem Vornamen, duzen mich und sind alle vollkommen hip und oberflächlich cool? Wieso um alles in der Welt gibt es Bars ohne Stühle, die sich dann Lounge nennen? Was ist so toll daran, auf dem Boden zu sitzen? Wieso tun hier alle so, als würden sie sich für jemanden interessieren, und doch interessiert sich keiner dafür, was wirklich los ist. Ich verstehe so viele Dinge nicht. In meinem kleinen Dorf haben wir uns alle persönlich gekannt, ich kenne diese ganze Welt hier nicht. Es ist so kompliziert, auf eine ganz sonderbare Art und Weise." John, der bei ihrer Schilderung zur Lounge noch gelacht hatte, wirkte nun schweigsam und betrachtete Theresa im spärlichen Licht der Straßenlampen.

„Das sind ein paar wirklich gute Fragen. Wahrscheinlich fällt uns Städtern das alles gar nicht auf, oder aber ich merke es nicht, weil ich hier aufgewachsen bin. Finden Sie, ich bin auch oberflächlich?"

„Ich denke, Sie können oberflächlich sein und sind es zum Teil auch, um sich zu schützen. In Ihrer Position kann ich das nachvollziehen. Auf der anderen Seite gehen Sie aber auch deutlich weiter, ich meine, sehen Sie mich an. Das Mädchen aus Montana mit den zerschlissenen Sachen wäre wohl sonst kaum Ihre persönliche Assistentin", erklärte Theresa und war inständig froh, als der Fahrer den Wagen vor ihrer Haustür stoppte. Sie hatte zu viel getrunken und wollte sich nun nicht unüberlegt um Kopf und Kragen reden.

„Es war ein sehr schöner Abend, Theresa. Ich danken Ihnen für die Begleitung."

„Ich danke Ihnen für die nette Einladung."

„Wir sehen uns morgen."
„Ja, bis morgen."

Theresa schloss ihre Wohnungstür hinter sich und lehnte sich augenblicklich dagegen. Ihr Herz hämmerte und ihre kleine Welt drehte sich. Zur Hälfte lag das bestimmt an der Wirkung des Alkohols, zur anderen Hälfte mit Sicherheit an keinem Geringeren als Mister John Chandler, ihrem Chef. John Chandler, der ihr schon am nächsten Morgen erneut Kopfschmerzen bereitete, als er deutlich schlechter aussehend ins Büro hereinkam.
„Haben Sie nicht gut geschlafen, Mister Chandler?", erlaubte Theresa sich nach kurzer Überlegung zu fragen. Sie waren sich gestern Abend auf der Vertrauensebene noch einen weiteren Schritt nähergekommen, vielleicht würde er diese Frage ja zulassen.
„Nicht wirklich", war die kurze und knappe Antwort, die ihre Hoffnung zerstörte.

„Theresa, auch wenn ich es unheimlich gerne vermeiden würde, aber könnten Sie sich bitte mit Cecil kurzschließen und ein Treffen mit meinem Vater für den heutigen Tag vereinbaren?"
„Sie haben heute einen sehr vollen Terminkalender. Wie viel Zeit soll ich für das Treffen einplanen?"
„Maximal eine halbe Stunde, wenn es sich nicht

vermeiden lässt, dann verschieben oder streichen Sie einen anderen Termin dafür."
„Es sollte ein positives Treffen mit Ihrem Vater werden."

„Ein Treffen mit meinem Vater ist nie etwas Positives. Selbst wenn wir der Firma eine gigantische Umsatzsteigerung gebracht haben, ist das nichts, was meinen Vater freudig stimmt."
„Weil Sie es waren, der das erreicht hat?" Theresas Blick schnellte direkt nach oben.
„Bitte?", kam postwendend die Frage von John.
„Sie wollten, dass ich Bescheid weiß, das war lediglich meine Schlussfolgerung. Wäre es Ihr Bruder gewesen, wäre Ihr Vater nun wahrscheinlich voller Freude. Entschuldigung, ich wollte dieses Thema nicht anschneiden und mit Sicherheit auch nicht persönlich werden."
„Nein, nein, Sie haben recht. Es war nur neu, dass es jemand ausgesprochen hat", erklärte John seine Reaktion und fuhr sich dann mit der Hand durch sein Gesicht.
„Können Sie mir noch einen Kaffee bringen, bevor Dawn hier aufschlägt?"
„Aber natürlich."

Theresa sah überrascht auf, als PT Chandler den Vorraum zu Johns Büro betrat. Eigentlich war

verabredet gewesen, dass er sich mit John in einem der Konferenzräume trifft, aber augenscheinlich hatte es sich der große PT wieder einmal anders überlegt, als es mit Cecil abgesprochen war.
„Mister Chandler“, sagte Theresa höflich lächelnd, doch auf dem mürrischen Gesicht regte sich keine Miene, ebenfalls nichts Neues mehr für Theresa.
„Darf ich denn heute wohl eintreten?“, fragte er spöttisch und spielte klar auf ihre letzte Unterhaltung an, doch Theresa war schlauer, als sich ausgerechnet von ihm aus der Reserve locken zu lassen.
„Aber natürlich“, entgegnete sie freundlich lächelnd und betätigte kurz den Knopf der Sprechanlage.
„Mister Chandler, Ihr Vater ist nun hier.“

Durch die geschlossenen Bürotüren konnte sie schon bald die laute und hitzige Stimme von PT hören. John schien also recht zu behalten. Es gab keine positiven Gespräche mit seinem Vater, zumindest schien dieses Gespräch nicht sonderlich gut zu verlaufen.
Ihr Eindruck von der Welt hinter den Bürotüren bestätigte sich schnell, als die Tür nach weiteren lauten zwanzig Minuten aufflog und PT mit einem hochroten Kopf das Büro verließ.

Er hatte die Tür weit offen stehen lassen, weshalb Theresa sich von ihrem Stuhl erhob. Als sie an der Tür angekommen war, konnte sie unweigerlich einen Blick auf John erhaschen. Seine Ellbogen lehnten auf dem

Schreibtisch, den Kopf hatte er in seinen Händen verborgen. Im Sinne der Diskretion entschied sich Theresa zunächst, die Tür zu schließen. Es ging sie nichts an, was dort zwischen den beiden vorgefallen war. In der Hälfte des Weges hielt sie allerdings dennoch inne. Diskretion war wahrscheinlich das Letzte, was John nun brauchte.

„Mister Chandler, geht es Ihnen gut?“, fragte sie, was Johns Kopf hochschnellen ließ. Sein Blick erfüllte Theresa mit Traurigkeit.

„Ja, es ist alles bestens. Bestens wie immer.“ Sein Tonfall war ironisch und zutiefst verletzt. Theresa schloss die Tür hinter sich und eilte zur kleinen Teeküche. Mit schnellen Handgriffen holte sie einen Teller und ihre Brotdose hervor. Seit dem Aufstehen freute sie sich auf die hausgemachten Kekse. Es war ein altes Familienrezept, etwas, an das sie sich krallte, wenn ihr Heimweh wieder einmal zu schlimm wurde. Diese Kekse rochen nach zu Hause, sie schmeckten nach zu Hause, sie waren mit all ihren Sinnen das, was noch von zu Hause übrig geblieben war.

Mit dem Teller voller Kekse in der rechten und einer Tasse Kaffee in der linken Hand ging sie wieder zurück in Johns Büro. Dieser hatte sich mittlerweile in seinem Schreibtischstuhl zurückgelehnt und starrte gedankenverloren auf die Stadt zu seinen Füßen. Mit fragendem Blick drehte er sich herum, als Theresa wieder hereinkam.

„Was ...?“, begann er, verstummte dann allerdings.

„Wissen Sie, diese Kekse sind eine alte Familientradition. Wenn es mir schlecht geht, dann esse ich sie und fühle mich wieder wie ein kleines Mädchen am Küchentisch. Ich hoffe, sie werden Ihnen ebenfalls helfen“, erklärte Theresa mit einem sanften Lächeln auf den Lippen, versunken in ihren eigenen Erinnerungen, und stellte dann die Kekse und den Kaffee vor John ab.

„Das … meine Güte, ich weiß gar nicht, was ich sagen soll. Das ist mit Abstand das Netteste, was jemals jemand für mich getan hat.“ Eine deutliche Welle von Emotionen schwang in Johns Stimme mit.

„Ich werde Ihren nächsten Termin einfach etwas hinhalten. Entspannen Sie sich einen Moment“, antwortete Theresa und schloss dann die Tür hinter sich. Diskretion gab es in dieser großen Stadt bei Weitem genug, aber wirklich kümmern und mitfühlen, das schafften hier scheinbar die wenigsten.

Erleichtert konnte Theresa feststellen, dass es John wirklich besser zu gehen schien, als er den Weg zu seinem nächsten Termin antrat.

# KAPITEL 5

Theresas Herz schlug bis zum Hals, als sie durch ein Klingeln an der Tür aus dem Schlaf gerissen wurde. Ein kurzer Blick auf die Uhr bestätigte, dass es bereits kurz nach eins war.

„Bitte nicht. Bitte, bitte, lieber Gott“, flüsterte sie und griff neben sich auf das Kissen, wo sich vom ersten Tag an das größte Messer ihrer Wohnung befand. Sie hatte sich eine Waffe kaufen wollen und doch wusste sie, dass sie im Notfall nichts damit anfangen konnte. Sie würde es nicht schaffen, auf IHN zu schießen, egal, was er ihr und ihrer Familie angetan hatte, oder noch antun würde. Sie konnte niemandem etwas Böses antun.

Mit dem Messer in ihrer zitternden Hand schlich sie zur Tür hinüber, ohne auch nur einen Laut von sich zu geben. Sie hatte geübt, wusste, welche Diele knarrte.

Der Blick durch den Türspion offenbarte ihr, dass sie den Mann davor noch niemals zuvor gesehen hatte. Er war chinesischer Abstammung, sofern sie es durch das dämmerige Licht und den kleinen Türspion beurteilen konnte.

„Ma'am? Sind Sie zu Hause, Ma'am? Ich muss wissen, ob Sie diesen Mann hier kennen.“ Sie hörte etwas, sah dem Mann dabei zu, wie er etwas, oder besser jemanden, vom Boden aufhob und sog dann hörbar die Luft ein, als sie John sah, oder besser das, was von ihm übrig geblieben war. Entschlossen wischte sie sich mit dem Handrücken die Tränen ab und legte das Messer beiseite, bevor sie die Tür aufriss. John, der an der Tür gelehnt hatte, fiel ihr bereits entgegen und nur durch die Hilfe des anderen Mannes gelang es ihr, ihn aufrecht zu halten.

„Meine Güte, was ist denn passiert?“, fragte sie und hievte John gemeinsam mit dem Fremden auf die Couch.

„Er hat mir den Zettel in die Hand gedrückt, den er, glaube ich, selbst eher zufällig gefunden hat“, sagte der Mann, der sich nun als Taxifahrer zu erkennen gab, und zeigte Theresa den Zettel mit ihrem Namen und ihrer Anschrift. Es war der Zettel, den sie in der noblen Boutique ausgefüllt hatte. John musste ihn eingesteckt haben. Es kam ihr vor, als wäre es bereits Jahre her.

„Außerdem hat er mir viel Geld gegeben und gesagt,

ich soll ihn hierhin bringen."
„Vielen Dank für Ihre Hilfe", sagte Theresa und geleitete den Mann heraus. Sie wollte weder jemand Fremden hier haben, noch wollte sie die Tür so lange offen stehen lassen, ganz zu schweigen von der Tatsache, dass sie lediglich mit einem T-Shirt und einer grauen Unterhose bekleidet war.

Nachdem sie die Tür hinter dem Taxifahrer geschlossen hatte, lief sie erst zum Schlafzimmer herüber, um sich etwas mehr zu bekleiden, bevor sie wieder zur Couch eilte. John lag noch immer so da, wie sie ihn zuvor hingelegt hatten. Jetzt, nachdem sie auch endlich das Licht angeschaltet hatte, konnte sie erkennen, dass Johns Erscheinungsbild noch weitaus schlimmer war, als sie es zunächst angenommen hatte. Seine Nase war blutig, seine Lippe an einer Stelle aufgeplatzt und sein rechtes Auge verfärbte sich bereits bläulich. Zusätzlich hatte er Abschürfungen an der rechten Wange und dem Kinn. Theresa wusste nicht, ob er in eine Schlägerei geraten oder gestürzt war, sie wusste nur, dass sie krank war vor Sorge.
„John?" Verlegen räusperte sie sich.
„Mister Chandler? Mister Chandler, können Sie mich hören?", fragte sie und sah Sekunden später in seine wunderschönen, verklärten Augen.

„Ich habe … Entschuldigung", lallte er.
„Kein Problem, machen Sie sich keine Gedanken. Sind

Sie hingefallen? Haben Sie sich den Kopf angeschlagen?“ Noch immer hatte sie Angst, dass sein Zustand nicht nur vom Alkohol kam. „Montana, du solltest mal den anderen sehen.“ Ein schelmisches Grinsen umspielte seine Wangen und ließ ihn trotz seines Zustands bildschön aussehen. Montana? Hatte er sie wirklich und wahrhaftig gerade Montana genannt?

„Können Sie mir sagen, wie Sie heißen? Ich habe Angst, dass Sie eine Gehirnerschütterung haben“, fragte Theresa unbeirrt.

Montana ...

„Pfff“, winkte John ab, schloss allerdings direkt seine Augen. Unsicher sah Theresa sich um. Was sollte sie denn jetzt nur tun?

„Ich bin John“, lallte er noch, bevor Theresa seine sanfte Atmung vernahm. Augenscheinlich war er eingeschlafen.

„Ganz klasse, John!“, erwiderte sie gehässig.

Mit dem Erste-Hilfe-Kasten und einem Glas Wasser in der Hand kehrte sie schnellen Schrittes ins Wohnzimmer zurück. Sie befreite John von seiner Krawatte, die so oder so nur noch lose um seinen Hals gebaumelt hatte, und öffnete die ersten zwei Knöpfe seines Hemds, um es ihm etwas bequemer zu machen. Sanft tupfte sie das Blut an seiner Nase und der Lippe ab und brachte ein kleines Pflaster an seiner Stirn an, wo sich ein größerer Kratzer befand. Selbst der unverkennbare Geruch von Alkohol konnte Theresa nicht von seinem friedlich schlafenden Anblick ablenken. Ob das wohl auch zu den Dienstleistungen einer persönlichen Assistentin gehörte? Den eigenen Chef wieder zusammenflicken und ihn auf der eigenen Couch schlafen lassen. Theresa befreite John von seinen Schuhen, bevor sie ihn sanft mit ihrer Lieblingswolldecke zudeckte. Sie selbst holte sich ihre Bettdecke aus dem Schlafzimmer und setzte sich mit angewinkelten Beinen auf den Sessel gegenüber von John. Sie würde ihn nicht alleine und unbeobachtet hier schlafen lassen.

Kurz vor sechs merkte sie, wie John im Schlaf deutlich unruhiger wurde. Sie war gerade aufgestanden, um ihn aus seinem Alptraum zu befreien, als er bereits hochschreckte. Theresa selbst war vor Schreck einen Schritt zurückgesprungen und so sahen sie sich nun an, verwirrt, erschrocken, peinlich berührt.

„Theresa“, sagte John erschrocken und fasste sich dann mit der Hand an den Kopf, wobei seine Finger das Pflaster streiften.

„Ich wünschte, ich könnte Ihnen sagen, was passiert ist, aber das kann ich leider nicht.“ Theresa hatte sich noch keinen Zentimeter bewegt.

„Badezimmer?“, fragte John hastig und erhob sich mit

einem Ruck.
„Links. Zweite Tür." Theresa schloss die Augen, als sie wenig später mit anhören musste, wie er sich übergab. Das alles hier war nicht gut, gar nicht gut.
„Mein Gott, es tut mir so leid", stammelte John, als er aus dem Badezimmer zurückkam. Die Wunden traten nun, wo sämtliche Farbe aus seinem Gesicht gewichen war, noch mehr hervor.

„Vielleicht haben Sie ja eine Gehirnerschütterung." Theresa hatte sich mittlerweile eine Jeanshose und ein Sweatshirt übergezogen.
„Ich denke nicht. Wie bin ich denn hier hingekommen?" Langsam ließ John sich wieder auf die alte Couch sinken. Schon allein durch seine unbequeme Schlafhaltung musste ihm am heutigen Morgen jeder Knochen in seinem Körper weh tun, da war Theresa sich mittlerweile sicher.
„Gegen kurz nach eins wurden Sie von einem Taxifahrer hier abgeliefert. Sie haben ihm den Zettel gegeben, den ich in der Boutique ausgefüllt habe, und ihn dafür bezahlt, Sie hier hinzubringen."

„Ich wollte Ihnen nicht so viele Unannehmlichkeiten bereiten. Gott, es tut mir wirklich leid, Theresa."
„Schon in Ordnung, Mister Chandler."
„Wissen Sie was? Lassen Sie uns das ganze *Mister Chandler* jetzt mal für einen Moment vergessen. Nennen Sie mich einfach John, denn im Moment bin ich

wirklich nicht Ihr Chef."
„In Ordnung, John."
„Habe ich dich die ganze Nacht vom Schlafen abgehalten?", fragte John nach einem kurzen Moment des Schweigens.
„Ich habe mir Sorgen gemacht. Wollen wir darüber reden, was da gestern passiert ist?"
„Ich hatte einen anstrengenden Tag", versuchte John abzuwiegeln.
„Ich scheine das Memo *Ich hatte einen anstrengenden Tag, also betrinke ich mich bis zur Besinnungslosigkeit und liege dann vor der Tür meiner Assistentin* leider verpasst zu haben", platzte es aus Theresa heraus und sie war erleichtert, das schelmische Grinsen erneut auf Johns Gesicht zurückkehren zu sehen.
„Punkt für dich, Mo..."
„Montana? Das habe ich gestern Abend schon gehört. Wenn ich es nicht besser wüsste, dann würde ich jetzt behaupten, dass du derjenige bist, der rot wird."
„Ich habe gerade allen Grund dazu, rot zu werden, oder findest du nicht?"

„Wahrscheinlich ja, also, was ist hier los?"
„Das Gespräch mit meinem Vater gestern. Es … es war wirklich nicht schön und ich habe wahrscheinlich etwas die Kontrolle verloren gestern Abend. Ich kann mich nur noch daran erinnern, dass ich in diesem Club war, der einem Freund von mir gehört. Ich bin mit einem

Kerl aneinandergeraten und ich glaube, dass ich hochkant aus dem Club geflogen bin. Danach ist alles dunkel. Sehr dunkel."

„Ich bin froh, dass du den Zettel damals eingesteckt hast. Wahrscheinlich wärst du sonst in der Ausnüchterungszelle gelandet."

„Ja, wahrscheinlich." Wieder massierte John sich die Schläfen.

„Aspirin?"

„Aspirin, eine Zahnbürste und eine Dusche."

„Kannst du alles bekommen. Ich hole schnell ein Handtuch. Eine Zahnbürste findest du in dem kleinen Badschrank. Der Wasserdruck ist allerdings sehr gering und es dauert eine Weile, bis du heißes Wasser hast."

John nickte kurz und sah sich in der kleinen, verwohnten und heruntergekommenen Wohnung um. Theresa hatte das Möglichste herausgeholt und doch wirkte es hier arm und kläglich. Als sie ihm erzählt hatte, dass sie über keinerlei Geld verfügte, hatte er sich nichts darunter vorstellen können, langsam, aber sicher verstand er mehr und mehr, was sie meinte.

„Bist du glücklich hier in dieser Wohnung?", fragte er und hörte Theresa im direkt angrenzenden Schlafzimmer spöttisch auflachen.

„Machst du Witze?", fragte sie und kam mit einem alten Handtuch zurück. „Aber ich habe ein Dach über dem Kopf, das mich trocken hält", fügte sie hinzu und sah dann noch einmal peinlich berührt auf das Handtuch, bevor sie es John reichte. Es war fransig und durchlöchert, doch besaß sie nur dieses Handtuch und jenes, das sie selbst benutzte.

Als sie die Dusche hörte, bereitete sie aus den wenigen Lebensmitteln in ihrem Haus ein kleines Frühstück zu, das sich auf drei Scheiben Toast, etwas Käse und ein Müsli beschränkte. Wahrscheinlich war John eh nicht zum Essen zumute. Theresa schüttelte sich kurz, als ihre Gedanken in ihr Badezimmer abschweiften.
„Besser?“, fragte sie, als er wenig später in die kleine Küche kam. Genau genommen war es nur eine kleine Küchenzeile, bestehend aus einem Kühlschrank, einem Herd mit zwei Platten und einer Spüle sowie einem kleinen Schrank. Der Raum war so klein, dass es noch nicht einmal Platz für einen Stuhl gab. Johns Haare waren noch nass, was die männlichen Konturen seines Gesichts noch stärker hervorhob. Er trug nur sein Hemd, das noch unordentlich über der Hose baumelte.
„Etwas“, lautete die knappe Antwort und Theresa reichte ihm das Aspirin.

„Auf deinem Hemd ist Blut.“
„Ich habe einen sauberen Anzug im Büro. Wir sollten gleich fahren. Ich werde Edward anrufen, damit er uns abholt.“
„Vielleicht wäre es besser, wenn du dich erst

untersuchen lässt." Theresa hatte erst gar nicht versucht, das Zittern des Wasserglases zu ignorieren. „Es sollte gleich wieder gehen", erwiderte John und schwenkte das Glas noch einmal in der Luft, bevor er es zurück auf die Anrichte stellte.

„Möchtest du etwas frühstücken? Mehr habe ich leider nicht im Haus." John sah kurz auf das klägliche Mahl und dann zurück auf Theresa, die noch immer in ihrem Sweatshirt und ihrer Jeans dort stand, die dunklen Haare offen und zerzaust von einer ruhelosen Nacht. Einer Nacht, in der sie sich Sorgen um ihn gemacht hatte, in der sie über ihn gewacht hatte.
Sie hatte so viel mehr verdient als das alles hier und doch würde er ihr nie geben können, was sie verdiente.
„Ich gehe mich dann besser schnell fertig machen", brachte sie heraus. Sie hatte Johns Blick gesehen.
„Keine Eile. Wir können ruhig etwas später kommen."
„Ich kann dir leider keinen Kaffee anbieten, den trinke ich immer erst im Büro." Theresa verkniff sich hinzuzufügen, dass es ihr zu teuer war, Kaffee zu kaufen.
„Ich würde jetzt eh nichts herunterbekommen."

„John, darf ich dich etwas fragen?"
„Natürlich."
„Wieso zitterst du so?"
„Wahrscheinlich weil es eine harte Nacht war", erfolgte die Antwort postwendend.

„Es ist nicht das erste Mal, dass du zitterst.“
„Du bist eine sehr scharfe Beobachterin. Ich sollte mal einen Blick auf mein Telefon werfen und ...“

„Siehst du. Städter! Das war ein typisches Beispiel dafür, was ich meine. Ich wollte eine Antwort“, unterbrach Theresa ihn.
„Und ich kann dir keine Antwort geben. Keine, die du hören möchtest.“
„Keine, die ich hören möchte? Was soll das denn jetzt bedeuten?“
„Glaub mir einfach“, bekräftigte John und verließ dann den kleinen Raum, in dem kaum genug Platz für sie beide gewesen war.

Sie beobachtete stumm, wie John seine Anzugjacke überstreifte, und erst jetzt konnte sie beobachten, was Emily ihr über Johns linken Arm verraten hatte. Er schien ihn tatsächlich nicht vollständig bewegen zu können, auch wenn er ein Meister darin war, es zu vertuschen.
Theresa war beeindruckt von der Diskretion des Fahrers, der mit keiner Miene reagierte, als John zusammen mit ihr aus dem heruntergekommenen Haus trat. Es war mittlerweile kurz vor halb 8. Dawn würde jede Minute in Johns Büro aufschlagen und Theresa konnte sich die fragenden Blicke bereits ausmalen.
Der erste dieser Blicke traf sie direkt, als sich die

Fahrstuhltüren öffneten, wo Emily bereits ihren Posten an der vordersten Information der Chefetage bezogen hatte.

„Guten Morgen, Mister ...“ Sie verstummte bei einem Blick in Johns lädiertes Gesicht. Der zerknitterte Anzug, das Blut auf dem Hemd und Theresa, die gemeinsam mit John ankam. Theresa konnte die Fragen ihrem Gesicht ablesen.

John erwiderte die Grüße erst gar nicht und ging geradewegs durch zu seinem Büro, wo Dawn bereits wartete.

„Was um alles in der Welt ist denn mit dir geschehen?“, fragte sie sofort aufgeregt.

„Ich bin mit dem Rad gestürzt.“

„Mit dem Rad?“ Es war augenscheinlich, dass sie ihm kein Wort glaubte.

„Sport ist Mord. Ich habe es versucht, ich bin gescheitert, genau das, was ich immer sage, und jetzt gib mir bitte zwei Minuten, damit ich mich eben umziehen kann. Theresa, sieh die E-Mails durch und dann sag mir bitte, dass ich keine Höllentermine heute habe“, sagte John kurz angebunden und verschwand dann in seinem Büro. Dawn hatte die Augenbrauen noch immer hochgezogen und musterte Theresa nun. Auch sie schien sich die Puzzlestücke in ihrem Kopf selbst zusammenzufügen, doch Theresa schwieg. Ganz im Sinne der Diskretion.

„Was war das denn heute Morgen? Habt ihr etwa die Nacht zusammen verbracht? Theresa, das ist nicht gut. Das ist gar nicht gut!“, sagte Emily direkt aufgeregt, als sie sich zur Mittagszeit in der kleinen Küche trafen.
„Es ist nicht so, wie es aussieht. Er ist einfach vor meiner Tür aufgetaucht, aber es ist nichts, das verspreche ich dir.“
„Und was ist mit seinem Gesicht passiert?“
„Fahrradunfall.“
„Fahrradunfall?“ Emily klang wie Dawn.
„Ich kann und werde nicht darüber sprechen. Mach dir keine Sorgen, Emily, es ist alles in Ordnung.“

„Die mache ich mir aber“, flüsterte Emily leise, als Theresa die Küche bereits wieder verlassen hatte.

Theresa fuhr mit dem Fahrstuhl nach unten, um schnell in dem kleinen Diner gegenüber dem Büro etwas zu essen zu kaufen. Normalerweise brachte sie sich immer Mittagessen mit, doch heute würde sie sich etwas holen, sich und John.
Als sie die Tür zu seinem Büro öffnete, sah er von seinem Computer auf.
„Ich habe Ihnen etwas zu essen mitgebracht.“
„Theresa, hättest du etwas dagegen, wenn wir uns duzen, es sei denn, jemand Drittes ist dabei?“

„Natürlich nicht“, antwortete Theresa und stellte eine Box mit gebratenen Nudeln auf Johns Besprechungstisch.
„Ich weiß gar nicht, ob ich etwas runterkriege“, sagte dieser ehrlich.
„Versuchen solltest du es. Du hast noch nicht einmal gefrühstückt heute Morgen, eigentlich müsstest du verhungern.“
„Mir ist zu schlecht, um zu verhungern“, erwiderte John mit einem Lächeln und erhob sich von seinem Schreibtischstuhl. Theresa entging nicht, dass er sich selbst für diesen kurzen Weg das Sakko zuknöpfte. Ganz der Gentleman.

„Möchtest du mir Gesellschaft leisten?“, fragte John und deutete mit seinem Kopf auf die zweite Schachtel, die sich noch in der durchsichtigen Plastiktüte befand.
„Ich wollte dich nicht stören.“
„Beim Essen? Komm, lass uns zusammen Pause machen.“

Theresa errötete und zog dann einen Stuhl zur Seite. Wie hätte sie dieses Angebot abschlagen sollen? Normalerweise verbrachte sie ihre Pause immer zusammen mit Emily.
„Was macht der Kopf?“, fragte Theresa, nachdem sie ihr Essen ausgepackt hatte.
„Jeder Zentimeter schmerzt auf seine ganz eigene Art und Weise. Es wäre nett, wenn du ebenfalls bei der

Ausrede mit dem Fahrradunfall bleiben könntest.“
„Schon geschehen. Emily hat nachgefragt. Darf ich dich etwas fragen?“

„Natürlich.“
„Wieso hast du Emily nie zu deiner persönlichen Assistentin gemacht?“
„Sie ist zu neugierig und redet zu viel. Eigenschaften, die ich an einer Person nicht sehr schätze. Übrigens, du darfst dich geehrt fühlen, ich habe noch niemals zuvor mit meiner persönlichen Assistentin zu Mittag gegessen.“ Mit einem Schmunzeln betrachtete John Theresa.
„Was?“, fragte sie, unsicher über seinen Blick.
„Ich mag es, wenn du so rot anläufst und dir dabei größte Mühe gibst, es zu vertuschen, was dir übrigens nicht gelingt.“
„Ich habe es als Kompliment aufgefasst“, erwiderte Theresa.
„Das solltest du auch! Es war nicht mehr und nicht weniger als ein Kompliment.“

Bereits nach ein paar Bissen legte John seine Gabel zur Seite und fuhr sich mit der Hand durch sein lädiertes Gesicht, was er direkt bereute. Schmerzerfüllt sog er Luft zwischen den Zähnen ein.
„Mein Gott, ich bin total erledigt“, gab er zu und gähnte herzhaft.
„Vielleicht sollte ich die Termine doch absagen.“

„Das wäre ein Traum und doch ist es nicht realistisch. Es ist meine eigene Schuld, dass es mir heute so geht."
„Du hast einen Außentermin für 17.30 Uhr in deinem Terminkalender stehen, soll ich den zumindest verschieben?"
„Nein, auf gar keinen Fall. Ich treffe mich mit einem Arzt, um mit ihm über Arthur zu sprechen. Der Termin ist unheimlich wichtig."
„Darf ich fragen, wie es deinem Bruder geht?"
„Er hat bessere und schlechtere Tage, aber niemand weiß so wirklich, was er von seinem Umfeld überhaupt noch mitbekommt. Seit dem Moment, in dem er mich einmal angelächelt hat, rede ich mir ein, dass er sich freut, wenn ich ihn besuche. Er hat schwerste Hirnverletzungen und irreversible Hirnschädigungen davongetragen. Er vegetiert lediglich vor sich hin und doch machen die Ärzte und Pfleger einen wunderbaren Job und gestalten sein Leben so lebenswert wie möglich. Er bekommt nicht mehr viel Besuch, eigentlich besuche nur ich ihn noch. So viel ist dann also übrig geblieben von all seinen tollen und engen Freunden, die sich gerne mit ihm umgeben und sein Geld ausgegeben haben. Es ist traurig zu sehen, was bleibt. Sehr traurig."
„Hast du deshalb so wenige Freunde?", stieß Theresa nun vor. Sie hatte mitbekommen, dass es wenige bis keine Anrufe auf Johns privatem Telefon gab, und in den letzten Wochen war es ihr nicht so erschienen, als

sei John viel unter Leuten.
„Es ist schwer zu wissen, wem man wirklich vertrauen kann."
„Vielleicht erkennt Arthur dich ja wirklich", erwiderte Theresa, die den großen Schmerz in Johns Augen sehen konnte.
„Ja, vielleicht. Diese Frage wird mir niemals jemand beantworten können."

„Und der Termin heute?"
„Es ist ein renommierter Hirnforscher, ich möchte mich gerne über weitere Förder- und Behandlungsmöglichkeiten informieren. Er hat Arthur eingehend untersucht und sich seine Diagnosen angesehen. Ich hoffe einfach darauf, dass er gute Nachrichten hat, dass es Arthur vielleicht irgendwann wieder bessergehen wird."

„Und wenn er keine guten Nachrichten hat?"
John schluckte sichtbar und schüttelte sich kurz.
„Daran kann und will ich erst gar nicht denken."
„Diese Dinge müssen schwierig für dich sein. Ging es bei dem Streit mit deinem Vater darum?"
„Es geht konstant darum. Für ihn bin ich schuld daran, dass das passiert ist. Er hat Arthur, seitdem die Folgen des Unfalls klar sind, nicht mehr besucht. Ich habe ihm von dem Termin erzählt und er ist erneut ausfällig geworden und hat mir vorgeworfen, ich würde ja nur mein schlechtes Gewissen zu beruhigen versuchen."

„Wow, das muss hart sein."

„Es ist hart, denn er hat recht. Es war meine Schuld, aber ich muss versuchen, mit ebendieser weiterzuleben. Ich wünschte, es hätte mich getroffen und nicht Arthur. Mich würde hier niemand so schmerzlich vermissen."

„Sag das nicht! Dann würde Arthur nun an deiner Stelle hier sitzen und sich Vorwürfe machen." Theresa hatte, ohne nachzudenken, über den Tisch gegriffen und Johns Hand genommen. Sie starrten beide für einen kurzen Moment wortlos darauf, bevor Theresa ihre Hand zurückzog.

„Bist du damals bei dem Unfall auch verletzt worden?", fragte sie schnell. Eine sichere Frage, da sie die Antwort schon kannte. Es war ihre Chance, sich wieder zu sammeln.

„Im Gegensatz zu Arthur bin ich nur leicht verletzt worden."

„Und wenn man es nicht im Gegensatz zu Arthur sieht?"

„Zwei gebrochene Beine, sechs gebrochene Rippen, eine schwere Gehirnerschütterung und ein zerschmetterter Arm, den ich nie wieder richtig bewegen können werde. Also ein Kinderspiel im Gegensatz zu Arthur."

„Wieso hast du beschlossen, hier zu arbeiten? Gemeinsam mit deinem Vater?"

„Ganz im Ernst? Das frage ich mich auch oft", antwortete John lachend und sah dann auf seine Uhr.

„Ich muss noch alles für den Termin gleich vorbereiten."
„Oh, okay. Ich sollte auch zurück an die Arbeit gehen", stellte Theresa fest und erhob sich dann.

„Theresa?"
„Ja?", fragte sie und drehte sich noch einmal um.
„Danke, für das alles hier. Du … du bist der erste Mensch, mit dem ich jemals darüber gesprochen habe. Und versuch erst gar nicht zu verheimlichen, dass du errötest", sagte John und Theresa war froh, dass er die wahren Ausmaße ihrer Gesichtsröte nicht erkennen konnte. Strahlend ging sie zu ihrem Schreibtisch herüber und wandte sich dann wieder ihrem Computer zu, auch wenn ihre Gedanken meilenweit entfernt waren.

Frisch und topfit erschien John pünktlich zu seinem 14 Uhr - Termin und Theresa war erneut vollkommen überwältigt von seiner Verwandlung.
„Entschuldigen Sie mein lädiertes Aussehen, ich habe mich gestern im Fahrradfahren versucht", hörte sie John sagen und schloss dezent die Tür zum Konferenzraum.

„Geh auch nach Hause und mach dir einen schönen Abend, du hast wahrlich schon genug Überstunden auf deinem Konto", erklärte John, der bereits um halb 5 das Büro verließ.

„Ich mache das hier nur noch schnell fertig. Viel Glück bei dem Termin."
„Wenn ich nicht so nervös wäre, dann ginge es mir besser." Theresa sah noch einmal auf. Nervosität war definitiv etwas, das sie mit ihrem Chef nicht im Entferntesten in Verbindung brachte, und doch konnte sie diese erkennen. An seiner Haltung, an der Art und Weise, wie seine Kiefermuskeln hervortraten, an seinen wunderschönen, traurigen Augen.
„Soll ich dich begleiten?"
„Mich … mich begleiten?", fragte John sichtlich überrascht.
„Entschuldigung. Das war eine dumme Idee und ...", stammelte Theresa.
„Das würdest du tun? Einfach so?"
„Wieso denn nicht? In solchen Fällen hat man doch gerne jemanden an seiner Seite."

John betrachtete sie einen Moment voller Verwunderung. Sie war so anders. Noch niemals in seinem Leben hatte er eine solche Frau getroffen.
„Wenn du das tun könntest." Johns Stimme war ungewohnt unsicher.
Ohne noch etwas zu entgegnen, speicherte Theresa ihr Dokument ab, fuhr den PC herunter und erhob sich.
„Dann mal los."

Auf der vierzigminütigen Fahrt konnte Theresa Johns

Aufregung nun doch spüren. Sie betrachtete ihn beim Fahren und lächelte, als er sie ebenfalls ansah.
„Du kannst dir nicht vorstellen, wie dankbar ich bin, dass du mich begleitest. Normalerweise bin ich bei solchen Dingen immer alleine."
„So etwas sollte man nicht ohne Unterstützung durchstehen müssen."
„Ich kenne das nicht anders."
John brachte den Porsche, mit dem er am heutigen Tag unterwegs war, vor einem überdimensionalen gusseisernen Tor zum Stehen und schnallte sich ab, um dann mit seinem rechten Arm die Klingel, die sich eigentlich in Reichweite seines linken Armes befand, zu betätigen. Eine Kamera wurde in seine Richtung gerichtet, bevor sich die Tore wie von Geisterhand öffneten. Die lange Auffahrt führte zu einem alten, herrschaftlich aussehenden Gebäude, doch das alles sah Theresa nicht. Sie sah nur das saftige Grün, die wunderschönen Bäume und Blumen, und hatte mit ihrem eigenen, übermenschlichen Schmerz zu kämpfen. Bis zum jetzigen Zeitpunkt war ihr das Ausmaß ihrer Sehnsucht nach zu Hause nicht bewusst geworden. Schnell schluckte sie die Tränen herunter und versuchte sich zu sammeln. Sie war hier, um John zu unterstützen, um ihm in der für ihn schwierigen Situation beizustehen. Ein paar dämliche Bäume würden daran nichts ändern.

„Alles in Ordnung?“, fragte John, als er Theresa die Hand reichte und ihr galant aus dem Porsche half.
„Es ist sehr schön hier.“
„Ja, Doc Haroldson hat es nicht schlecht getroffen.“

Die großen braunen Türen wurden von einer älteren Dame geöffnet, die sie bat, noch einen Moment Platz zu nehmen. Direkt neben der Eingangstür standen zwei gepolsterte Stühle und die Wartezeit gab Theresa genug Gelegenheit, die Eingangshalle aufzunehmen. Eine große, dunkle, herrschaftliche Treppe führte in der Mitte der Halle zum oberen Stockwerk. Theresa konnte von ihrem Stuhl links an der Treppe vorbeisehen. Sie vermutete eine Küche am Ende des langen Gangs. In Gedanken versunken, zuckte sie zusammen, als die Tür zu ihrer Linken geöffnet wurde. „John, schön, Sie zu sehen. Oh, und Sie sind in Begleitung. Hallo, mein Name ist Justus Haroldson“, stellte sich der ältere, grauhaarige Herr mit der strengen Brille und dem freundlichen Lächeln vor.
„Theresa Harding, schön, Sie kennenzulernen“, antwortete Theresa höflich und folgte Dr. Haroldson in dessen Büro, wo sie neben John auf einem Stuhl vor dem Schreibtisch Platz nahm. Mittlerweile war sämtliche Farbe aus Johns Gesicht gewichen, seine Hände waren nervös ineinander verschlungen und auch wenn sie versuchte, dagegen anzukämpfen, so legte Theresa ihre Hand sanft auf seine. John sah kurz

auf, blickte sie mit seinen unergründlichen Augen an, bevor er sie ergriff. Theresa konnte das leichte Zittern spüren. Er war aufgeregt.

„John, ich möchte Sie nicht zu lange auf die Folter spannen und Sie auch nicht unnötig mit irgendwelchen Fachbegriffen bombardieren, die uns beide nicht weiterbringen. Ich habe Arthur wirklich sehr eingehend untersucht und alle seine alten Unterlagen angefordert und eingesehen. Die Hirnschädigungen, die Ihr Bruder bei dem Unfall erlitten hat, sind so schwerwiegend, dass wir nichts weiter für ihn tun können. Es tut mir wirklich sehr leid." Theresa verstärkte ihren Halt um Johns Hand und sah ihn sofort von der Seite an. Seine Kiefermuskeln zuckten wieder, doch eine weitere Regung in seinem Gesicht war nicht zu erkennen.
„Glauben Sie, er erkennt mich? Was denken Sie, wie viel er von seiner Umwelt noch mitbekommt?" Johns äußere Maske umfasste nicht seine Stimme, die unwillkürlich zitterte und zu brechen drohte.
„Diese Frage kann auch ich nicht beantworten. Verlassen Sie sich einfach auf Ihr Gespür, John. Sie kennen Ihren Bruder von uns allen am besten. Wenn Sie glauben, dass er Sie erkennt, dann wird dem auch so sein."

„Wie weit ist denn die Forschung … ich meine, gibt es vielleicht in ein paar Jahren die Chance, dass … dass es besser wird? Dass man irgendetwas tun kann?"

„Das kann ich nicht ausschließen und doch möchte ich Ihnen keine unnötigen Hoffnungen machen.“

„Das war es jetzt also?“, fragte John und Theresa schluckte erneut die Tränen herunter, die ihr bei der Traurigkeit in seiner Stimme in die Augen traten. Er hatte gerade den letzten Strohhalm verloren, an dem er sich festgeklammert hatte.
„Es tut mir sehr leid, Ihnen keine besseren Nachrichten überbringen zu können, John.“

John nickte, ein viel zu heftiges Nicken, und ließ dann Theresas Hand los, um sich ruckartig zu erheben. „Ich danke Ihnen trotzdem für all Ihre Mühe und Ihre Zeit“, sagte er höflich, auch wenn seine gesamte Körpersprache signalisierte, dass er einfach nur weg wollte. Raus aus diesem Raum, weg von den schlechten Nachrichten.
„Sehr gerne. Miss Harding, es war mir eine Freude, Sie kennengelernt zu haben.“ Theresa lächelte höflich. Sie hatte kaum etwas gesagt, wieso also war es eine Freude?

John stürmte aus dem Haus heraus und Theresa hatte Mühe, ihm in ihren High Heels zu folgen. Als sie endlich die Treppe heruntergegangen war, konnte sie ihn bereits am Auto stehen sehen. Er hatte den rechten Arm auf das Dach des Porsche gelegt und atmete hektisch. Theresa näherte sich langsam, doch sie wurde

aus ihren Überlegungen zu den richtigen Worten gerissen, als John mit einem Mal zur Seite stolperte und sich direkt in einen der Büsche übergab. Ohne weiter zu zögern, beschloss Theresa, nicht mehr darüber nachzudenken, was jetzt richtig und angebracht wäre, sondern einfach aus dem Herzen heraus zu handeln. Sanft legte sie eine Hand auf seinen Rücken und begann zärtlich kleine Kreise zu reiben. Das hatte ihre Mutter immer getan, wenn es ihr nicht gut ging.
„Theresa, bitte, ich möchte nicht, dass du mich so siehst." Die Worte klangen dumpf, leise und die Stimme gehörte nicht zu John, nicht zu dem John, den sie kannte.
„Ich bin hier und ich bleibe hier", sagte sie und hielt ihn fest, als er sich erneut übergab.

Erst als John sich wieder zu ihr herumdrehte, konnte sie feststellen, dass er nicht weinte, so wie sie es eigentlich erwartet hatte. Seine Miene wirkte auch nicht traurig, sie wirkte wütend und erst jetzt gelang es Theresa, hinter die Fassade zu blicken, zumindest für einen kurzen Moment. John war erfüllt von Selbsthass, von Schuldgefühlen und tiefer Traurigkeit, die er nicht zeigen konnte, nicht zeigen wollte.
Sie standen so nah voreinander, dass sich ihre Körper unwillkürlich berührten.
„Wir sollten fahren, bevor der Gärtner auf mich schießt", durchbrach John die Stille und schob sich

dann an Theresa vorbei, die noch immer schwer atmete.

John nahm eine Flasche Wasser und spülte sich kurz den Mund aus, bevor er den Wagen startete, ohne Theresa eines weiteren Blickes zu würdigen. Sie konnte es ihm nicht verübeln, wusste sie doch selber nicht, wie sie sich nun am besten verhalten sollte, und so schwiegen sie. Minute für Minute.

„Du solltest jetzt nicht alleine sein", sprach Theresa den Gedanken aus, der sie am meisten quälte.

„Ich nehme wieder einen Zettel mit deiner Adresse mit."

„John, ich meine es ernst." Theresa konnte die zuckenden Kiefermuskeln beobachten.

„Du hast heute schon genug für mich getan."

„Darum geht es nicht. Ich möchte nicht, dass du alleine bist." Johns Blick traf sie vollkommen unvorbereitet. Er war erfüllt von Dankbarkeit und passte nicht einmal ansatzweise zu seinen Worten.

„Danke, aber ich komme schon zurecht."

„John, bitte. Ich kann und will mir nicht die halbe Nacht Sorgen um dich machen."

„Du musst dir keine Sorgen machen, ich bin schon ein großer Junge."

„Die mache ich mir aber. Du bist mir nicht egal. Das alles hier ist mir nicht egal."

„Montana, du kannst mich nicht retten. Das ist nicht deine Aufgabe."

„Was soll das heißen, es ist nicht meine Aufgabe? Ich glaube, ich bin jetzt nicht als deine persönliche Assistentin hier."

Theresa konnte John tief durchatmen hören. Sie wusste, dass er versuchte, sie abzublocken, dass er versuchte, seine Mauern wieder hochzuziehen und sich nach seinem Gefühlsausbruch zu schützen. „Was schlägt die Therapeutin denn dann vor?" Theresa entging der Sarkasmus in Johns Stimme nicht.
„Ich bin keine Therapeutin, ich bin einfach nur ein Mensch, dem du, auch wenn es für dich augenscheinlich unbegreiflich ist, nicht egal bist. Meinetwegen gehen wir aus, betrinken uns, ich will nur dafür sorgen, dass du dabei nicht alleine bist. Nicht so wie gestern Abend."

„Hör zu, Theresa. Ich weiß das alles wirklich zu schätzen, aber ich kenne das nicht, okay? Bis jetzt habe ich immer alle Sachen mit mir selbst ausgemacht, also lass mich bitte in Ruhe. Ich brauche einfach Zeit für mich."

Theresa sah John einen Moment lang an. Sie konnte ihn nicht zwingen und musste einfach darauf vertrauen, dass er auch alleine zurechtkam. Sie schluckte ihre eigene Traurigkeit, ihren Frust über seine Reaktion hinunter. Auch wenn sie verletzt war, so wusste sie doch, dass John nicht anders handeln konnte in diesem Moment.

Wieder kehrte das Schweigen zurück, so dass Theresa schon fast froh war, als John vor ihrer Haustür anhielt.

„Meld dich bitte, wenn du es dir doch noch anders überlegen solltest“, verdeutlichte Theresa beim Aussteigen. John nickte kurz und fuhr augenblicklich mit quietschenden Reifen davon. Mit geschlossenen Augen holte Theresa kurz Luft, bevor ihr bewusst wurde, dass sie noch immer auf dem Bürgersteig stand. Nervös sah sie sich um.

ER war nicht dort.

In ihrer Wohnung blickte Theresa auf das Handtuch, welches John am Morgen zum Duschen benutzt hatte, und konnte kaum glauben, dass noch nicht einmal vierundzwanzig Stunden vergangen waren, seitdem er zu ihr gebracht worden war.

Theresa schaltete den Fernseher ein und versuchte sich abzulenken, doch sie konnte weder Johns Gefühlsausbruch, noch die Frage, wie es ihm jetzt wohl ging, aus ihrem Kopf verbannen.

Gegen Mitternacht schaltete sie den Fernseher aus und nahm ihren alten Trenchcoat vom Haken. Sie trug eine alte Jeans, einen normalen Pullover und ihre „used“ Schuhe. Hier, zu Hause, war sie einfach nur Theresa Harding und als diese würde sie nun auch zu John fahren. Nicht als seine persönliche Assistentin in ihrer perfekten Verkleidung, sondern als das Mädchen vom Land.

Theresa konnte bereits im Eingang den kritischen Blick des Portiers erkennen. Aus Angst hatte sie ein Taxi genommen und sich direkt bis vor die Tür fahren lassen, obwohl sie sich solche Ausgaben eigentlich nicht leisten konnte.

„Miss, kann ich Ihnen helfen?“, fragte er und Theresa musste feststellen, dass er sie nicht wiedererkannte, obwohl es der gleiche Portier war wie noch vor ein paar Tagen.

„Ich bin Theresa Harding, Mister Chandlers persönliche Assistentin. Ich war vor ein paar Tagen bereits hier.“ Theresa musste sich bei dem musternden Blick zusammenreißen.

„Ich trage nur heute meine Verkleidung nicht“, entfuhr es ihr und augenblicklich konnte sie ein breites Lächeln auf dem Gesicht des Portiers erkennen.

„Erwartet Sie Mister Chandler?“

„Nein, aber ich muss dringend etwas mit ihm besprechen.“

„Moment, ich werde kurz oben anrufen.“

Theresa lauschte dem kurzen Gespräch und sah dann erneut auf, als der Portier das Telefon niederlegte.

„Mister Chandler ist nicht da, aber die Hausdame Mia möchte Sie gerne empfangen.“

Wieder gab der Portier einen Code in den Aufzug ein und Theresa sah sich direkt Mia gegenüber, als sich die

Aufzugtüren öffneten. Sie trug einen Morgenmantel und ihre unordentlichen Haare verrieten Theresa, dass sie wahrscheinlich bereits im Bett gewesen sein musste. Kein Wunder, war es doch mittlerweile schon weit nach Mitternacht.

„Miss Harding." Im Gegensatz zum Portier konnte Mia ihre Überraschung über Theresas Erscheinungsbild entweder gut verbergen oder es interessierte sie nicht.

„Es tut mir so leid, dass ich hier einfach mitten in der Nacht ohne Vorwarnung erscheine, aber ich mache mir Sorgen um Mister Chandler." Mia musterte sie kurz und bat sie dann herein.

„Möchten Sie einen Kaffee?"

„Ja, gerne."

Theresa ließ sich auf einen der Barhocker sinken und nahm die glitzernden Lichter der Stadt auf, die so friedlich und wunderschön aus dieser Perspektive wirkten.

„Mister Chandler war seit gestern Abend nicht mehr hier. Er hat mir lediglich eine Nachricht geschrieben, dass alles in Ordnung ist", erklärte Mia kurze Zeit später und setzte sich ebenfalls mit einer Tasse Kaffee auf einen der Barhocker.

„Er hat die letzte Nacht in meinem Appartement verbracht, was sich jetzt wahrscheinlich komplett falsch anhört."

„Diskretion ist eine meiner größten Aufgaben hier,

Miss Harding“, lächelte Mia verständnisvoll. „Könnte ich wohl hierbleiben und auf Mister Chandler warten?“

„Aber natürlich. Wir können zusammen warten, dann wird es Ihnen nicht so langweilig.“

Theresa lächelte und nahm einen Schluck von ihrem Kaffee. Mia erinnerte sie in manchen Zügen an ihre Mutter, auch wenn sie rein äußerlich rein gar nichts miteinander zu tun hatten. Und zum zweiten Mal innerhalb von so wenigen Stunden fühlte Theresa unmenschliches Heimweh.

Rein innerlich hatte sie sich bereits darauf eingestellt, dass sie die halbe Nacht auf John warten musste, doch sie hatte noch nicht einmal ihren Kaffee ausgetrunken, als sich die Fahrstuhltüren erneut öffneten. Nur Sekunden später zerbrach etwas und ließ sowohl Mia wie auch Theresa aufspringen.

„John?“, rief sie und öffnete die Tür, wo John an einer Wand gelehnt stand. Seine Anzugjacke hatte eine der Vasen von einem Podest geholt.

„Was machst du denn hier?“, fragte er lallend und sah auf Theresa, die dort in seinem Flur stand.

„Ich mache mir Sorgen um dich“, gab Theresa zurück und umfasste Johns Hüfte.

„Komm, es wird Zeit fürs Bett“, sagte sie und ging dann mit dem schwankenden John los.

„Mein Bett ist aber in der anderen Richtung.“ Trotz seines Lallens konnte sie hören, dass er sich amüsierte, während ihr selbst zum Weinen zumute war. „Kommen Sie, hierher“, sagte Mia nun und deutete den Weg. Schwerfällig sank John auf sein Bett und lehnte sich voll angezogen zurück. Theresa, die noch immer von der Kraftanstrengung schwer atmete, stand vor seinen Beinen und betrachtete ihn kurz wortlos, bevor sie begann, ihn von seinen Schuhen zu befreien. Das zweite Mal in zwei Tagen. Von John war nur noch ein Schnarchen zu hören. Er murmelte irgendetwas mit geschlossenen Augen, als sie ihn gemeinsam mit Mia von der Anzugjacke befreite und seine Beine dann ins Bett hievte. Sanft legte sie eine Bettdecke über ihn und fuhr sich dann mit der Hand durch ihre Haare.

„Das muss aufhören!“, sagte sie und sah zu Mia, die seufzend zustimmte, bevor sie das Schlafzimmer verließ. Theresa sah sich in dem großen Raum um. Auch von hier hatte man durch die Panoramafenster eine fantastische Aussicht auf die glitzernde Stadt. Das Schlafzimmer war in cremefarbenen Tönen gehalten und wirkte deutlich freundlicher als die anderen sterilen Räume. Theresas Blick fiel auf ein Bild auf Johns Nachttisch. Wahrscheinlich der einzige persönliche Gegenstand, den es in dieser Wohnung gab. Sie nahm es zur Hand und schluckte. Es zeigte einen etwas jüngeren John, Arm in Arm mit einem anderen Mann, der ihm so unglaublich ähnlich sah. Theresa musste nicht lange überlegen, um zu wissen, dass es Arthur war. Beide lächelten breit in die Kamera und Theresa fühlte, wie Tränen in ihre Augen traten. John sah so glücklich aus, so unbeschwert, so anders. Ob sie selbst nun auch anders aussah? Nach allem, was passiert war?

„Miss Harding?“ Mias Stimme riss sie aus ihren Gedanken. Sie war froh, das Bild bereits wieder weggestellt zu haben. Eigentlich hatte sie hier nichts verloren.

„Ja?“

„Ich habe Ihnen das Gästezimmer vorbereitet, Sie sollten auch etwas schlafen.“ Theresa bedankte sich freundlich und folgte Mia dann in ein gegenüberliegendes Schlafzimmer. Wahrscheinlich würde sie nicht in den Schlaf finden. Gut, dass weder sie noch John am morgigen Tag zur Arbeit mussten.

# KAPITEL 6

Zu ihrer eigenen Überraschung war Theresa doch vom Schlaf übermannt worden. Als sie die Augen am nächsten Morgen öffnete, war es bereits 9 Uhr. In dem Badezimmer, das an ihr Gästezimmer angrenzte, befand sich alles, was sie für die Morgenpflege benötigte, und so fühlte sie sich frisch, als sie zu Mia in die Küche stieß. Die Auswahl des Frühstücks, das sich auf dem langen Tisch im Esszimmer befand, brachte Theresa dazu, die Augen zu weiten. Von John fehlte, wie erwartet, noch jede Spur.

„Guten Morgen, Theresa. Möchten Sie Rührei zu Ihrem Frühstück?"

„Äh, nein, ich möchte Ihnen nicht extra Arbeit machen."

„Ach, papperlapapp. Also Rührei."

„Danke, Mia", erwiderte Theresa lächelnd.
„Immer gerne."

„Schläft Mister Chandler noch?"
„Nein, ich denke nicht. Ich habe die Dusche gehört."

Theresas Frage erübrigte sich, als John nur Sekunden später in den großen Raum trat. Er trug eine Jogginghose und ein T-Shirt. Seine Haare waren nass und wirr. Die Spuren der Schlägerei schienen noch an Deutlichkeit zugenommen zu haben.
„Theresa!" Nicht nur in seiner Stimme lag unverhohlene Verblüffung. Also war es kein Traum gewesen, dass sie ihm gestern ins Bett geholfen hatte.
„John", erwiderte Theresa kurz. Sie wusste nicht, wie sie das Gespräch beginnen sollte, wusste nicht, wie er es überhaupt fand, dass sie jetzt hier war.
Mia stellte das Rührei auf dem Tisch ab und verschwand dann dezent zur Tür heraus.
„Hast du hier übernachtet?", fragte John und musterte Theresas Gesicht dabei.
„Ja, im Gästezimmer. Ich denke, jetzt sind wir quitt."
John deutete auf den Frühstückstisch und setzte sich dann ebenfalls auf seinen Platz, wobei er keine Anstalten machte, etwas zu essen.

„Darf ich bitte ganz offen und ehrlich mit dir sprechen?", fragte Theresa, die sich nicht traute, es einfach anzusprechen.

„Wenn du mir jetzt eine Moralpredigt halten willst, dann spar sie dir bitte."
„Nein, das werde ich mir nicht sparen. Du hast dich zwei Tage hintereinander besinnungslos betrunken. Das ist doch nicht normal, John!"
„Was ist schon normal?"

„Ich meine es ernst! Du kannst dich doch nicht derart zu Grunde richten."
„Es ist nicht so, als würde das jemanden interessieren."
„Doch, es interessiert jemanden, es interessiert mich! Ich war gestern krank vor Sorge. Wieso willst du nicht verstehen, dass du mir nicht egal bist? Ist es denn so schwer zu begreifen, dass es vielleicht doch einen Menschen auf dieser Welt gibt, der etwas für dich empfindet?" John sah ruckartig auf und auch Theresa hatte die Augen geweitet. Zumindest den letzten Teil hatte sie anders formulieren wollen. Komplett anders. Nun war es zu spät. Theresa überlegte kurz, einfach davonzulaufen, so peinlich waren ihr ihre Worte. Ihr Gesicht glühte, sie konnte das Blut in ihren Ohren rauschen hören. Was hatte sie sich dabei gedacht? Natürlich war John ihr wichtig, doch es war kein Geheimnis, dass sie aus zwei vollkommen verschiedenen Welten stammten.

„Du kennst mich doch gar nicht, Theresa."
„Weil du es nicht zulässt!"

Mit eisernem Blick hielt sie ihm stand, so lange, bis es John war, der seine Augen abwandte.
„Ich bin nicht gut für dich, Theresa."
„Dürfte ich so etwas bitte selbst entscheiden? Wahrscheinlich bin ich diejenige, die nicht gut für dich ist und definitiv schon gar nicht gut genug!"
„Das ist Blödsinn!", gab John zurück.
„Glaub mir, ich kenne jemanden, der wirklich nicht gut für mich war. Zwischen euch liegen Welten", gab Theresa nun zu.
„Möchtest du darüber reden?"
„Nein."
„Beschwerst du dich eigentlich wirklich darüber, dass ich zu wenig mit dir rede oder dich nicht an mich heranlasse? Denk mal darüber nach, wie viel ich über dich weiß." Johns Stimme war ruhig und Theresa wusste, dass er mit jedem einzelnen Wort recht hatte.
„Okay, weißt du was? Wir werden jetzt frühstücken und dann möchte ich dir etwas zeigen. Wie wäre das?", fragte John. Er fühlte sich viel zu aufgewühlt für das alles hier und Theresas Worte hatten den Sturm in seinem Inneren nur noch einmal von Neuem entfacht.
„In Ordnung", erwiderte sie.

John zwang sich etwas zu essen und blickte dabei immer wieder zu Theresa, die das Frühstück in vollen Zügen genoss. Er konnte seine Augen gar nicht von dem Genuss in ihrem Gesicht abwenden. Noch nie

hatte er jemanden so leidenschaftlich essen sehen.
„Was ist?“, fragte sie nach kurzer Zeit.
„Alles in Ordnung“, erwiderte John und blieb aus Anstand so lange sitzen, bis auch Theresa ihr Frühstück beendet hatte.
„Ich werde kurz ein paar Anrufe tätigen und dann können wir los“, sagte John und erhob sich dabei.

„Soll ich mich vorher umziehen?“

„Nein, du bist perfekt angezogen.“
„Witzig“, entgegnete Theresa sofort.
„Ich meine es ernst.“

„Hier“, sagte John unvermittelt, als sie in der Tiefgarage angekommen waren, und schmiss Theresa einen Schlüssel zu. Er trug ein modisches Poloshirt, eine lockere Jeans und Bootsschuhe.
„Sehr smart“, gab Theresa zurück und betrachtete den Schlüssel kurz. „Du erwartest aber jetzt nicht von mir, dass ich fahre, oder? Im Stadtverkehr ...“
„Du machst das schon. Ich habe dir extra den Audi rausgesucht, der lässt sich gut fahren und ist nicht so ein elendiges PS-Biest. Glaub mir, ich würde sofort selbst fahren, aber ich denke, dass die Polizei diese Einschätzung nach gestern Abend nicht gutheißen würde.“

„Auf deine Verantwortung.“
„Natürlich.“

Theresa lenkte den Wagen vorsichtig aus der Tiefgarage und merkte unweigerlich, wie sich ihr Herzschlag beschleunigte, als sie im Getümmel der Stadt angekommen war.
Das Navigationssystem gab ihr den Weg an, während John stumm auf dem Beifahrersitz saß, sie weder kritisierte noch irgendwelche Anweisungen brüllte, so wie ihr Vater dies stets getan hatte.

„Du kannst hier vorne parken. Parkplatz Nummer 24“, wies John sie an. Theresa hatte bereits von Weitem die ganzen fein aufgereihten Boote gesehen. Seit dem Essen mit Waynwright war es für sie kein Geheimnis mehr, dass John eine Yacht besaß, die er abgrundtief liebte.
Theresa folgte ihm auf den Steg und blieb dann vor dem Boot am Anleger 24 stehen. ‚Freedom‘ stand in Großbuchstaben auf dem Heck.
„Sie heißt‚Freedom‘, weil es der einzige Ort auf der Welt ist, wo ich wirklich abschalten kann“, erklärte John kurz und half Theresa dann auf die prunkvolle Yacht.
„Mister Chandler, schön, Sie an Bord begrüßen zu dürfen. Ma'am“, begrüßte sie ein freundlicher Mann, der ihnen bereits entgegen kam.
„Danke, Jeff. Ist alles startklar? Ich möchte, dass Sie die ‚Freedom‘ heute übernehmen.“

„Sehr wohl, Sir. Vielen Dank."
„Ist Kelley an Bord?"
„Ja, Sir, sie bereitet bereits alles vor."
„Danke."

John ging weiter und Theresa konnte den Luxus auf der Yacht kaum aufnehmen. Sie stiegen eine Treppe hinauf zu einem großen überdachten Sonnendeck, auf dem ein überdimensionierter Esstisch stand. Sie durchquerten einen prunkvollen Salon mit zwei ausladenden Sofas und einem riesigen Fernseher. Auf der Hälfte des Weges trafen sie eine kleine südländische Frau mittleren Alters.

„Kelley, schön, dass Sie es so spontan einrichten konnten."

„Hallo, Mister Chandler, Miss ..."

„Harding. Theresa Harding."

„Schön, Sie an Bord begrüßen zu dürfen, Miss Harding. Mein Name ist Kelley Sanchez und ich bin die Hausdame hier an Bord. Möchten Sie einen kleinen Willkommenscocktail?"

„Für mich heute keinen Alkohol, Kelley", winkte John direkt ab.

„Miss?"

„Für mich auch nicht, vielen Dank."

„Komm", sagte John und führte Theresa dann zum Bug des Schiffes, der mit Rattanmöbeln zum Liegen

und Sitzen ausgestattet war. Gemeinsam setzten sie sich auf eine gemütliche runde Couch und sahen dabei zu, wie der Bug des Schiffs langsam in See stach.
„Hand aufs Herz, wie viele Frauen hast du so schon rumgekriegt?“, fragte Theresa und sah John dabei an.
„Keine einzige. Die ‚Freedom‘ war bis jetzt mein kleiner, ganz privater Rückzugsort.“
„Wieso hast du mich dann mit hierhin genommen?“
„Weil ich noch niemals einen Menschen wie dich kennengelernt habe. Vielleicht ist es wirklich an der Zeit, zu reden, aber dieses Mal möchte ich mehr von dir erfahren. Wie kommt es, dass du in Montana alles zurückgelassen hast und nach New York gekommen bist?“
„Vielleicht war es einfach Zeit für etwas Neues.“
„Wenn das so wäre, dann würdest du so schnell wie möglich zurückgehen. Du hasst alles hier. Du hasst die Menschen, du hasst den Umgang der Menschen hier miteinander, du hasst die Stadt, du vermisst dein Landleben. Glaubst du, ich habe nicht gemerkt, wie sehr du in der schönen Natur gelitten hast?“

Theresa holte tief Luft und blickte hinaus auf die Weite des Meeres. Sie konnte sich vorstellen, warum John hier draußen Frieden fand und einen klaren Kopf bekommen konnte. Was für ihn das Meer war, war für sie die Weite der Felder, die unendliche Natur, das

saftige Grün der Wiesen.
„Der Hof meiner Eltern ist bis auf die Grundmauern niedergebrannt. Ich musste mir etwas einfallen lassen, also bin ich in die Stadt gezogen."
„Oh nein, das tut mir leid."
„Mir auch."
„Und deine Eltern?"
„Sie haben sich eine kleine Wohnung in der nächstgelegenen Stadt genommen und versuchen sich dort irgendwie über Wasser zu halten. Es ist nicht einfach, wenn man alles verloren hat."
„Ich weiß", erwiderte John und wandte sich Theresa zu.

„Denk bitte nie wieder, dass du nicht gut genug für mich bist! Das ist mir wichtig."
Die Traurigkeit, die er bei diesen Worten in ihren Augen erblicken konnte, hatte ihn tief getroffen.
Theresa lachte sarkastisch. „Sieh dich hier doch um. Wir sitzen auf deiner Yacht. Allein in dein Büro passt meine Wohnung zwei Mal hinein. Es ist eine vollkommen andere Welt."
„Das alles hier sind nur materielle Dinge."
„Materielle Dinge, die ich nicht kenne."
„Und die dir vollkommen egal sind", stellte John nun klar, bevor er fortfuhr. „Ich habe noch nie einen Menschen erlebt, dem das alles hier nichts zu bedeuten scheint. Du siehst nur mich und bist dabei so

unverhohlen ehrlich. Du bist einfach du und das schätze ich sehr. Bis jetzt hat sich noch nie jemand Sorgen um mich gemacht. Meinen Vater hast du schon kennengelernt. Meine Mutter ist die perfekte Society-Lady, die extrem darum bemüht ist, nach außen hin die perfekte Familie zu repräsentieren, obwohl sie weiß, dass mein Vater sie schon betrügt, so lange ich denken kann. Eigentlich könnte ich auch Cecil Mutter nennen. Meine Mutter ist ein kalter Mensch, genauso kalt wie mein Vater. Ich kenne keine Fürsorge, keine Liebe und ich hatte nie Menschen um mich herum, die sich gesorgt haben, ganz egal, was ich auch angestellt habe. Wahrscheinlich bin ich deshalb manchmal überfordert oder reagiere falsch. Ich kenne ein solches Interesse nicht. Als du neulich mit den Keksen zu mir ins Büro gekommen bist ... das werde ich in meinem Leben nicht vergessen", gab John nun zu und schüttelte berührt den Kopf.

„Es tut mir leid, dass du so aufwachsen musstest."
„Ich hätte sofort all das Geld, all das Materielle, mit dem wir als Kinder überschüttet worden sind, eingetauscht gegen ein bisschen Liebe und Fürsorge, gegen eine normale Familie, nach der ich mich immer so sehr gesehnt habe und nach der ich mich wahrscheinlich auch immer noch sehne. Ich hatte nur Arthur und wir haben versucht, das Beste aus allem zu machen."

„Ich kann mir all diese Dinge gar nicht vorstellen. Im Gegensatz zu dir bin sehr behütet aufgewachsen und statt mit materiellen Dingen bin ich mit Liebe überschüttet worden. Meine Eltern sind wunderbare Menschen, ich hätte mir keine besseren auf der Welt wünschen können.“

„Das ist der Grund, warum ich denke, dass ich nicht gut für dich bin, Theresa. Ich kann dir das alles nicht geben. Ich kann dir nur Materielles bieten.“

„Das ist nicht wahr, John. Du hast ein vollkommen falsches Bild von dir selbst, aber wahrscheinlich haben dir das deine Eltern auch immer so vorgebetet. Du bist ein guter Mensch.“

„Nein, das bin ich nicht. Du weißt so viele Dinge nicht.“

„Was ich weiß, ist, dass du mich eingestellt hast. Weißt du noch, wie ich vor dir gestanden habe? So wie jetzt, in einem so noblen Unternehmen, und du hast mich trotzdem genommen. Wir beide wissen, dass es nichts mit meinen beruflichen Qualifikationen zu tun hatte, sondern damit, dass ich dir wahrscheinlich leidgetan habe, was wieder einmal zeigt, dass du ein großes Herz hast. Wie du dich um deinen Bruder kümmerst, hat vielleicht etwas mit Schuldgefühlen zu tun, aber mehr noch tust du es, weil du ihn liebst, weil er dir etwas bedeutet. Das ist nicht selbstverständlich. Egal, was dein Vater dir immer sagt, John, du bist ein wunderbarer Mensch. Ich liebe deinen Humor, ich liebe deine Art, mit Menschen umzugehen ..."

Das Klingeln des Handys schnitt Theresas Worte ab, durchbrach die knisternde Atmosphäre und John fluchte innerlich für eine Sekunde, dass er es nicht einfach ausgeschaltet hatte, bevor er den Namen auf dem Display sah.

„Wayne", sagte er direkt. Theresa ließ sich in die weichen Kissen zurücksinken und sah hinaus auf das Wasser, das in der Sonne wie tausend Kristalle glitzerte. Es schmerzte sie, von Johns vollkommen verzerrtem Selbstbild zu hören, es schmerzte sie, wie tief er durch sein bisheriges Leben verletzt worden war. All der schöne Schein, all das Geld, es war nicht mehr und nicht weniger als eine Fassade, genau wie bei so vielen Menschen hier in dieser Stadt.

„Was? Wann?" Johns Tonlage ließ sie augenblicklich aufhören zu träumen.

„Ja … ja, natürlich. Ja, ich komme sofort", sagte er und stand dabei bereits auf.

Theresa hörte, wie er Jeff instruierte, sofort zum Hafen zurückzukehren.

„Was ist denn passiert?", fragte sie, als John wieder bei ihr ankam.

„Es tut mir sehr leid, wir müssen umkehren. Ich werde einen Fahrer organisieren, der dich nach Hause bringt."

„Was? Wieso?"

„Es gab einen Zwischenfall."

„Was für einen Zwischenfall? John, sprich mit mir!“, sagte Theresa und nahm dabei Johns Hand.

„Es geht um Arthur. Wayne ist sein persönlicher Pfleger, der zusätzlich zum Pflegepersonal des Hauses eingestellt wurde, um Arthurs bestmögliche Versorgung zu gewährleisten.“

„Geht es ihm schlechter?“

Das erklärte die Anrufe von Wayne und Johns Reaktionen darauf.

„Er hatte in den letzten Wochen ein paar Anfälle. Das ist bei seinem Zustand nichts Außergewöhnliches, allerdings gab es einen Zwischenfall, bei dem es zu einem Atemstillstand gekommen ist. Er hatte erneut einen Anfall. Wayne sagt, es sieht alles gut aus und er ist stabil, aber ich möchte mich selbst davon überzeugen, dass es ihm gut geht.“

„Oh Gott, John, das tut mir so leid.“

„Ich weiß“, entgegnete John, der Theresas Betroffenheit spüren konnte.

„Ich möchte nicht, dass mich ein Fahrer abholt, ich möchte mit dir fahren oder, besser gesagt, dich fahren. Ich werde nicht mit zu Arthur kommen, wenn du das nicht möchtest. Ich warte einfach auf dich, egal, wie lange es dauert, in Ordnung?“

John hatte ihren Worten gelauscht und war wieder einmal vollkommen überwältigt von ihrer Art.

„In Ordnung“, sagte er und sah dann auf die

Hafeneinfahrt.

Theresa parkte den Wagen vor dem Pflegeheim, in dem Arthur lebte, und hielt dank ihrer Turnschuhe mit Johns schnellen Schritten mit.
Auf der Fahrt hatten sie nicht mehr viel gesprochen, sie wusste, dass John in seinen eigenen Gedanken versunken war, und auch ihr selbst ging es nicht besser. Zu viele Fragen spukten in ihrem Kopf umher, zu viele Dinge, auf die sie keine Antwort bekommen würde.
„Ich werde hier warten“, sagte Theresa und deutete auf eine Couch in der Lobby.
„Wenn du … also nur, wenn du möchtest, du könntest mitkommen“, erklärte John unsicher, der sich nichts mehr wünschte, als Theresa in dieser Situation an seiner Seite zu haben.
„Natürlich“, sagte sie sofort und ein Schauer überlief ihren Rücken, als John vollkommen unvermittelt kurz ihre Hand nahm.

„Wayne!“, rief er bereits von Weitem beim Anblick eines Mannes. Wayne war nicht älter als John selbst, wobei ihn Theresa aufgrund seines Aussehens eher einer Heavy Metal - Band als einem Betreuungsheim zugeordnet hätte.
Wayne hatte seine schwarzen Haare an den Seiten raspelkurz rasiert, die Haare in der Mitte lagen platt auf den kahl rasierten Stellen. Theresa war sich sicher, dass

er in seiner Freizeit einen Irokesenschnitt trug. Die überdimensionalen Löcher in seinen Ohren ließen sie kurz ungläubig die Augen weiten. Wer kam auf die Idee, seine Ohrlöcher so stark zu vergrößern?

„John, es geht ihm schon wieder viel besser! Ich wollte dich nicht so sehr aufschrecken“, rechtfertigte sich Wayne sofort bei Johns Anblick.

„Es ist schon in Ordnung. Schläft er jetzt?“

„Nein, er ist gerade wieder wachgeworden.“

Theresa folgte John den Gang entlang und konnte die Unsicherheit in seinem Gesicht erkennen, als er vor einem Zimmer stehen blieb.

„Bist du dir sicher, dass du das möchtest?“, fragte er.

„Ich würde Arthur sehr gerne kennenlernen“, erwiderte Theresa und folgte John dann in das Zimmer.

Es war ein sehr großer, freundlicher und heller Raum, der auf den ersten Blick wie eine kleine Wohnung wirkte.

„Hallo, Arthy, was machst du denn für Sachen?“, fragte John und nahm die leblose Hand seines Bruders, der dort in seinem Pflegebett lag und ins Leere zu starren schien. Wie erwartet ging keine Reaktion von Arthur aus und Theresa konnte nur erahnen, wie schwer es für John sein musste. Sie würde nie wissen, wie Arthur vor seinem Unfall gewesen war.

Sein Gesicht verzog sich zu seinem Lächeln und Theresa musste augenblicklich auch lächeln. „Hallo, Arthur, ich bin Theresa. Es ist so schön, dich kennenzulernen. Ich habe schon ganz viel von dir gehört“, sagte sie und drückte ebenfalls kurz Arthurs Hand. John war fasziniert davon, dass sie nicht zurückgewichen war, fasziniert davon, dass sie augenscheinlich keine Berührungsängste zeigte.
„Ich war mit Theresa auf der ‚Freedom‘. Weißt du noch, die Yacht, von der ich dir die Fotos gezeigt habe? Es ist ein schöner Tag draußen, ich bin mir sicher, dass Wayne gleich noch mit dir nach draußen gehen wird ...“, begann John seinen Monolog mit weicher Stimme. Theresa war augenblicklich fasziniert davon, wie er mit Arthur sprach, fasziniert davon, wie er versuchte, Arthur die Welt dort draußen wieder näherzubringen, wie sehr er versuchte, ihn trotz allem an seinem Leben teilhaben zu lassen.
Und Theresa beobachtete noch etwas anderes. Die Art und Weise, wie Arthur langsam den Kopf in Johns Richtung gedreht hatte. Sie selbst war etwas zurückgetreten, um John die Zeit mit seinem Bruder zu geben, die er so dringend benötigte.

„Als Wayne angerufen hat, um mir von deinem Anfall zu berichten, hatte ich wirklich Angst um dich, Kleiner“, fuhr John fort und jagte Theresa einen Schauer über den Rücken. Sie nahm ihr Handy aus der

Hosentasche und schaltete es ein. Während sie die beiden zusammen beobachtet hatte, war ihr der Gedanke gekommen, ein Foto für John zu machen, um ihm zu zeigen, wie sehr Arthur tatsächlich auf ihn zu reagieren schien. Ihr Handy war mittlerweile uralt und sie war sich nicht einmal sicher, ob man auf dem Foto später tatsächlich etwas erkennen würde. Nachdem sie den Auslöser gedrückt hatte, hielt sie inne und betrachtete das entstandene Bild stumm. Sie war sich sicher, dass John es lieben würde.

Nach weiteren zehn Minuten wandte John sich ihr wieder zu und lächelte kurz.

„Hör zu, Arthy, ich bin mit einer wirklich tollen Frau hier, die ich jetzt nicht länger warten lassen möchte. Ich komme morgen wieder, versprochen. Ruh dich aus und genieße gleich das schöne Wetter“, erklärte er und gab Arthur einen Kuss auf die Stirn.

„Wir sehen uns morgen.“

„Tschüss, Arthur, ich hoffe, dir gefällt das warme Wetter draußen“, verabschiedete sich auch Theresa, bevor sie John nach draußen folgte.

„Wie kannst du von dir selbst denken, dass du ein schlechter Mensch bist?“, fragte Theresa, als sie die Tür hinter sich geschlossen hatte, und sah John dabei durchdringend an, der ihren Gesichtsausdruck spiegelte. Er verzog keine Miene und wandte sich zum Gehen, was Theresa ihm gleichtat.

„Hast du etwas dagegen, wenn ich dich jetzt nach Hause bringe? Ich muss dringend noch etwas arbeiten", fragte John, nachdem er den Motor angelassen hatte.
„Kein Problem."

Am Sonntag spielte Theresa nervös mit dem Telefon in ihrer Hand und warf einen weiteren Blick auf ihre Uhr. Noch fünf Minuten, dann würden sie endlich anrufen können, dann würde sie endlich die Stimmen hören, die sie so sehr vermisste.
Das Schellen des Telefons ließ sie beinahe aufspringen. Wie immer befand sich eine fremde Nummer auf dem Display. Jeden Sonntag machten sich ihre Eltern auf den Weg zu wechselnden Telefonzellen, um sie anzurufen.

„Mom!", sagte sie sofort.

„Hallo, mein Schatz." Theresa schloss die Augen und spürte, wie sich das Klopfen ihres Herzens verlangsamte und sie ruhiger wurde.
„Wie geht es euch? Was macht Dads Rücken?"
„Oh, ihm geht es viel besser, er ist auch heute mit hier."

„Hallo, mein Schatz!"

„Hallo, Dad! Das sind ja tolle Neuigkeiten!" Theresa konnte ihre Freude nicht verbergen. Die letzten zwei Wochen hatte sie auf das Telefonat mit ihrem Vater verzichten müssen, da ihm sein Rücken so starke Schmerzen bereitet hatte, dass er kaum in der Lage gewesen war, sich fortzubewegen.

„Was macht dein Job, Liebes?“, fragte ihre Mutter nun. Theresa konnte sie vor sich sehen in ihrem typisch praktischen Look aus Jeanshose und T-Shirt, die grauen Haare zu einem Dutt am Hinterkopf zusammengeknotet.

„Es läuft wirklich gut.“

„Aber?“ Theresa lächelte bei der Frage ihrer Mutter. Natürlich hatte sie den Unterton in ihrer Stimme gehört.

„Es ist etwas kompliziert mit dem Chef.“

„Behandelt er dich nicht mehr so gut wie am Anfang?“

„Oh doch, Mom, das tut er. Sehr gut sogar.“

„Theresa Harding, du wirst doch wohl keine Gefühle für ihn entwickeln!“ Nun klang ihre Mutter streng und unendlich besorgt.

„Ich befürchte, es ist bereits zu spät, um das abzustreiten, Mom.“

„Ich hoffe, er ist ein guter Mensch.“

„Das ist er, das verspreche ich, aber es ist kompliziert.“

Theresa konnte die ernsten Worte ihrer Mutter verstehen und noch mehr konnte sie die Sorge nachvollziehen, die in ihrer Stimme mitschwang. Nach allem, was gesehen war.

Noch immer machten ihre Eltern ihr keine Vorhaltungen, es war nicht ein böses Wort gefallen.

Wahrscheinlich weil sie alle zusammen das Wichtigste auf der Welt verloren hatten: ihre gemeinsame Zeit, ihr Leben als Familie.

„Was gibt es neues zu Hause?"
„Lucinda und Darren werden heiraten."
„Oh mein Gott, wirklich?" Theresa hatte Mühe, die aufsteigenden Tränen zu unterdrücken. Lucinda, ihre beste Freundin seit Kindertagen. Nun würde sie an ihrem großen Tag nicht bei ihr sein können. Schon als kleine Kinder hatten sie „Hochzeit" gespielt, hatten von ihrem großen Tag geträumt und sich ausgemalt, wie es sein würde.
ER hatte ihr nicht nur ihre Familie genommen, sondern ihr gesamtes Leben.
„Manchmal frage ich mich, was passieren würde, wenn ich einfach nach Hause kommen würde."
„Nein, Theresa! Denk erst gar nicht darüber nach. Du bist in Sicherheit dort, wo du jetzt bist, und das ist alles, was zählt."

„Ist es das? Ich vermisse euch so sehr." Theresa konnte die Tränen nicht mehr zurückhalten.
„Wir vermissen dich auch, mein Mädchen!", erklang die Stimme ihres Vaters. Ihre Mutter hatte den Telefonhörer zwischen sich gehalten, so dass auch Theresas Vater mithören konnte.
„Du musst stark sein, vielleicht wird sich alles irgendwann wieder klären."

„Und wenn nicht, Mom? Werde ich euch dann niemals wiedersehen?“
„Denk nicht so, mein Schatz! Wir werden uns wiedersehen, wenn der richtige Zeitpunkt gekommen ist. Du weißt doch, dass wir darüber geredet haben, dass wir dich besuchen kommen.“
„Ich spare fleißig jeden Cent“, erklärte Theresa und schloss ihre Augen, um sich ihre Eltern auszumalen, wie sie dort in einer Telefonzelle standen.

„Erzähl uns von deiner Woche. Was hast du Schönes unternommen?“, fragte ihr Vater nun.
„Mein Chef hat mich heute auf seine Yacht eingeladen.“

„Eine Yacht?“ Die tiefe Stimme ihres Vaters ließ das Telefon vibrieren. Theresa malte sich aus, wie seine gütigen blauen Augen strahlten und der Mund mit dem weißen Vollbart zuckte.
„Ja, Dad, sie hätte dir gefallen“, begann Theresa zu berichten.

Am Abend musste sich Theresa aufraffen, um sich fertig zu machen. Sie fühlte sich seit dem Telefonat mit ihren Eltern hundeelend, doch wahrscheinlich war Ablenkung jetzt das Einzige, was ihr helfen würde. Sie musste sich mit diesem neuen Leben arrangieren. Vor gefühlten Ewigkeiten hatte Emily ihr vorgeschlagen, gemeinsam mit ihr und ein paar Freunden essen zu gehen, und für heute hatten die anderen Freunde endlich zugesagt. Theresa wusste nicht viel, außer dass sie insgesamt acht Leute sein würden. Emily, gemeinsam mit ihrem neuen Freund Markus, zwei weitere Pärchen, Steward und sie. Theresa fühlte sich unwohl beim Gedanken daran, den Abend mit diesen fremden Menschen zu verbringen, und noch unwohler fühlte sie sich, wenn sie an Steward dachte.

Emily war der festen Meinung, sie müsste mehr unter Leute, an diesem Punkt musste sie ihr recht geben, aber sie wollte nicht verkuppelt werden. Zumindest nicht mit Steward, auch wenn sie ihn noch gar nicht kannte. Als sie an dem Restaurant ankam, war Theresa zutiefst erleichtert darüber, dass es sich um ein „normales“ Restaurant zu handeln schien. Es war nicht besonders schick und auch nicht besonders gemütlich, aber wenigstens gab es dieses Mal Tische und Stühle. Theresa hatte lange vor ihrem Schrank gestanden und dann doch noch einmal Emily angerufen, da sie sich nicht sicher war, was man in New York beim Essen mit „Freunden“ trug. Dank Emilys Hilfe hatte sie sich für eine schwarze Hose mit einer Bluse entschieden.

„Ah, seht mal, wer da kommt. Hallo, Theresa!“, rief Emily und winkte sie zum Tisch herüber, wo bereits ein weiteres Pärchen und ein Mann saßen.
„Das hier sind Eddy und Sue und das ist Steward“, erklärte Emily mit übertriebenem Augenzwinkern.

„Markus und die anderen sollten gleich ebenfalls hier sein", fuhr sie fort.

„Hallo, ich bin Theresa. Schön, euch kennenzulernen", erwiderte Theresa und setzte sich dann neben Steward, der sie schief anlächelte. Zugegeben, er war attraktiv und auch ihr Gespräch beim Essen war sehr unterhaltsam. Steward war überaus charmant und witzig und doch konnte Theresa keine Regung in sich spüren.

*„Theresa Harding, du wirst doch wohl keine Gefühle für ihn entwickeln!" Die Worte ihrer Mutter hallten in ihrem Kopf wider.*
*„Ich befürchte, es ist bereits zu spät, um das abzustreiten, Mom."*

Steward war wahrscheinlich wirklich ein netter Mann und doch war er nicht John.
Die Erkenntnis traf Theresa nicht unvorbereitet und doch war sie ein wenig erschrocken darüber, was John Chandler, ihr Chef, in so kurzer Zeit bereits bei ihr angerichtet hatte.
„Theresa, Emily hat uns erzählt, dass du nicht aus New York kommst?", fragte Beatrice, eine rothaarige, etwas pummeligere Frau mit hochgeschlossener kanariengelber Bluse. Theresa hatte eine Welle der Erleichterung gespürt, als Emilys Freunde nach und

nach eingetroffen waren. Von der Perfektion, die sie sonst in dieser Stadt immer so sehr blendete, waren diese Leute endlich einmal meilenweit entfernt. Sie wirkten normal, lustig und aufgeschlossen.
„Das stimmt. Wie hat es Emily noch so schön beschrieben? Ich bin ein waschechtes Landei aus Montana und versuche gerade, mich hier zurechtzufinden."
„Aus Montana! Wow!", sagte nun Timothy, Beatrice' Freund. Ein kleiner blonder Mann mit Brille und wuscheligen Haaren.
„Ja, es nicht einfach für mich, hier in dieser großen und fremden Stadt."
„Und du bist ganz alleine hierhin gekommen?", fragte Sue nun.
„Ja, vollkommen alleine."
„Dann herzlich willkommen bei uns, Theresa! Ich hoffe, wir werden noch viele schöne Abende zusammen verbringen!", stieß Beatrice nun aus und erhob ihr Weinglas. Theresa lächelte verlegen. „Danke!", sagte sie und prostete den anderen ebenfalls zu. Vielleicht konnte sie nicht alle Menschen hier über einen Kamm scheren.

Am Montagmorgen musste Theresa bei einem weiteren Blick auf die Uhr feststellen, dass es bereits Viertel nach sieben war. Johns Kaffee war mit Sicherheit schon kalt und noch immer fehlte von ihm jede Spur. Normalerweise meldete er sich bei einer Verspätung immer. In einer Viertelstunde würde bereits Dawn herunterkommen. Nach weiteren fünf Minuten verließ Theresa Johns Büro und rief bei Dawn an, um ihr mitzuteilen, dass John sich heute verspäten würde. Sie versuchte, ihn auf seinem Handy zu erreichen, erhielt allerdings keine Antwort. Das alles hier war merkwürdig und sah ihm so gar nicht ähnlich.

Theresa wählte die Nummer seines Hausanschlusses, vielleicht konnte Mia ihr Aufschluss über Johns Verbleib geben.

„Anschluss von John Chandler“, meldete sich Mia direkt nach dem zweiten Klingeln.

„Mia, hallo, hier ist Theresa. Ich bin auf der Suche nach John.“

„Ist er noch nicht im Büro?“, fragte Mia und klang aufrichtig überrascht.

„Nein, er ist nicht hier.“

„Das ist merkwürdig. Er ist pünktlich wie an jedem Morgen hier losgefahren.“ Theresa hatte Probleme, das ungute Gefühl in ihrem Bauch in Schach zu halten.

„Ging es ihm gut? War alles in Ordnung?“, fragte sie. Zu präsent waren die Bilder seines Absturzes in ihrem Kopf.

„Ja, es war alles in Ordnung, soweit ich es beurteilen kann.“

„Würden Sie sich melden, falls Sie etwas von John hören?“, fragte Theresa und legte dann mit zitternden Händen den Hörer auf. Wo konnte er nur sein? Erneut versuchte sie es auf seinem Handy. Nichts.
Theresa schaute die Telefonnummer des St. Magret - Pflegeheims nach, nur um die Information zu erhalten, dass John nicht dort war und Wayne ihn auch nicht wegen eines Notfalls mit Arthur angerufen hatte.
Nervös stand sie von ihrem Stuhl auf und ging zu Cecil herüber, die sie fragend und abschätzig anblickte, als sie den Gang entlangkam.
„Cecil, ich wollte nur kurz nachhören, ob Sie etwas von Mister Chandler junior gehört haben?“

„Nein, wieso sollte ich etwas gehört haben?“, fragte sie schnippisch und Theresa musste an Johns offene Worte denken. Cecil und der alte PT Chandler, ja, das war definitiv eine Kombination, die sich Theresa immer besser vorstellen konnte.
„Falls Sie etwas hören, geben Sie mir bitte kurz Bescheid?“, fragte Theresa und drehte sich dann auf der Stelle um. Ihr eigentliches Ziel hatte sie erreicht. Auf Cecils Schreibtisch lagen zwei Handys. Sollte John etwas passiert sein, würden sie sich wahrscheinlich an PT Chandler wenden.

Theresa versuchte eine weitere Stunde lang erfolglos, John zu erreichen, bis sich plötzlich eine Frauenstimme am anderen Ende mit „Hallo“ meldete.

Theresa lief postwendend rot an und fühlte sich zeitgleich geohrfeigt. Ein attraktiver Mann wie John … was hatte sie sich überhaupt dabei gedacht?

„Oh, entschuldigen Sie, ich wollte nur ..."

„Sind Sie eine Angehörige von Mister Chandler?"

„Angehörige?" Theresas Hals schnürte sich augenblicklich weiter zu. „Ich bin seine persönliche Assistentin."

„Mister Chandler hatte einen Autounfall und wurde ins Mount Sinai - Krankenhaus eingeliefert. Würden Sie bitte seine Angehörigen informieren?" „Ich … ja", stotterte Theresa und lauschte der Verabschiedungsfloskel der Krankenschwester halbherzig. Theresa konnte das Blut in ihren Ohren rauschen hören.

Ein Autounfall.

*John.*

Langsam fügten sich die Puzzlestücke zusammen und ließen Theresa aufspringen. John hatte einen Autounfall, sie musste zu ihm und sie musste seine Angehörigen informieren. Auf halbem Weg zu PT Chandlers Büro hielt sie inne und zwang sich, den Schock beiseitezuschieben und nachzudenken. Höchstwahrscheinlich wäre es nicht in Johns Interesse, wenn sie seinen Vater informieren würde.

Ohne weiter darüber nachzudenken, eilte sie zu ihrem Schreibtisch herüber, nahm ihre Jacke von der Garderobe und lief zum Aufzug herüber.
„Außentermin? Ich habe John noch gar nicht gesehen“, sagte Emily sofort.
„Wir treffen uns unten“, schwindelte Theresa und war froh, als sie endlich im Aufzug verschwinden konnte.

Vor dem gewaltigen Mount Sinai - Krankenhaus beschleunigte sich ihr Herzschlag noch weiter, die Angst drohte sie zu verschlucken und doch realisierte Theresa, wie anders dieses Gefühl war. Es war nicht die Angst, die sie vor IHM hatte, es war eine alles umfassende Angst, John niemals wiederzusehen.
„Entschuldigen Sie, John Chandler, er hatte einen Autounfall. Können Sie mir sagen, wo ich ihn finde?“, fragte sie nervös an der Information und sah ungeduldig dabei zu, wie ihr Gegenüber im Computer nachsah.

„Mister Chandler befindet sich noch in der Notaufnahme“, erklärte die freundliche Frau und begann dann, Theresa einen Weg zu erklären und ihn gleichzeitig aufzumalen. Wahrscheinlich war sie daran gewöhnt, dass ihr in diesen Momenten niemand folgen konnte. Mit Hilfe der Zeichnung kämpfte sich Theresa voran, bis sie endlich das große Schild „Notaufnahme“ lesen konnte. Sie trat durch die Türen und war überwältigt von dem hektischen Treiben. Überall waren verletzte und kranke Menschen und sie taumelte ein Stück zurück, nicht sicher, ob sie bereit war für das alles hier. In ihrem Leben war sie noch niemals mit einer solchen Situation konfrontiert worden. Was, wenn John schwer verletzt war? Was, wenn er ...

„Kann ich Ihnen helfen, Ma'am?“, fragte eine Schwester und bewahrte Theresa vor ihren dunklen Gedanken.
„John Chandler“, stammelte sie und versuchte im Gesicht der Schwester eine Antwort auf ihre unausgesprochenen Fragen zu finden.
„Er … er hatte einen Autounfall“, stammelte sie weiter, als sie keine Reaktion erhielt.
„Kommen Sie bitte mit mir, ich werde kurz nachschauen.“ Theresa senkte den Kopf und folgte der Schwester. Sie hatte zu viel Angst davor, all diese kranken, blutenden und verletzten Menschen zu sehen.
„Ah, John Chandler. Sind Sie eine Angehörige?“
„Ich bin seine Frau“, log Theresa geradeheraus.
„Folgen Sie mir bitte, ich werde das kurz abklären.“
Wieder folgte Theresa der Schwester und blieb stehen, als diese sie dazu aufforderte. Sie fühlte sich wie ein Roboter in dieser Welt, die gerade noch fremder schien, als sie es eh schon war.
Theresa hob ihren Blick wieder, als vor ihr etwas zur Seite geschoben wurde. Sie hatte nicht bemerkt, dass es ein Vorhang war. Ihr Blick traf Johns Augen sofort. Sie

waren schmerzerfüllt, aber lebendig. Ohne auch nur eine Sekunde zu zögern, stürzte Theresa nach vorne, um John zu umarmen.
„Oh mein Gott“, entfuhr es ihr, als sie seine warme Wange an ihrer spürte und sein Aftershave einatmen konnte.
„Theresa. Es ist alles in Ordnung.“ Seine Stimme war sanft und beruhigend.
Es dauerte lange, bis Theresa sich wieder von ihm löste, zu tief saß der Schock, zu dringend musste sie spüren, dass es ihm gut ging. Ihre Tränen waren auf sein Hemd getropft und hatten dunkle Flecken hinterlassen.
„Was ist denn passiert?“, fragte sie und wischte die Tränen entschlossen aus ihrem Gesicht.
„Ein anderer Autofahrer hat mir die Vorfahrt genommen. Wenn ich es nicht besser wüsste, dann würde ich sagen mit voller Absicht. Ich bin soweit okay. Scheinbar hatte ich erneut einen riesigen Schutzengel.“
„Was fehlt dir denn?“, fragte Theresa und sah nun an John herab. Sein Hemd war geöffnet und gab den Blick auf einen dicken Verband preis.
„Eigentlich so gut wie gar nichts. Ich habe mir die Rippen geprellt.“
„Oh, Gott sei Dank. Als du nicht ins Büro gekommen bist heute Morgen ... Ich wusste sofort, dass etwas nicht stimmt. Und dann meldete sich diese Frau an deinem

Telefon und erklärte mir, dass du einen Unfall hattest und ich deine Angehörigen informieren soll.“
„Hast du meinen Vater informiert?“
„Natürlich nicht.“
„Gott sei Dank.“
„Wie lange musst du hierbleiben? Soll ich dir ein paar Sachen von zu Hause holen?“
„Nein, nein. Wie gesagt, alles halb so schlimm. Ich warte nur noch auf meine Papiere und dann werde ich uns einen Wagen bestellen, der uns ins Büro bringt.“
„Ins Büro? John!“
„Theresa, mir fehlt nichts, wirklich nicht. Ich bin okay, auch wenn es gerade wahrscheinlich nicht danach aussieht.“
„Und der andere Fahrer?“
„Fahrerflucht. Er oder sie hat mich nur kurz von der Straße geholt und ist dann weitergefahren. Wahrscheinlich in vollem Schuldbewusstsein. Es war ein relativ altes Auto. Ich denke, er oder sie hat Schiss gekriegt, aber die Polizei ermittelt bereits.“
„Musst du dich denn nicht noch schonen? Ich meine, es kann doch nicht gesund sein, wenn du jetzt sofort wieder arbeiten gehst.“

„Theresa, du machst dir zu viele Sorgen.“
„Bis vor zwei Minuten wusste ich noch nicht einmal, ob du noch lebst, also entschuldige bitte, dass ich vielleicht etwas überreagiere.“

„Du hast recht. Es tut mir leid. Wie ich schon sagte, wahrscheinlich bin ich das einfach nicht gewohnt. Es tut mir wirklich leid“, entschuldigte sich John und versuchte sich dann mit schmerzverzerrtem Gesicht aufzusetzen. Theresa war sofort zur Stelle und half ihm behutsam.

„So, Mister Chandler, hier sind Ihre Entlassungspapiere und das Rezept für die Schmerzmitteltherapie. Sportliche Aktivitäten aller Art sind für die nächsten Wochen tabu. Ruhen Sie sich aus und nehmen Sie bitte ausreichend Schmerzmittel. Es ist wichtig, dass Sie weiterhin tief atmen, auch wenn Ihnen das in den nächsten Tagen und Wochen starke Schmerzen bereiten wird. Sie riskieren eine Lungenentzündung, sollten Sie den Anweisungen nicht nachkommen“, erklärte der Arzt und händigte Theresa die Unterlagen aus.
„Achten Sie auf ihn.“

„Darauf können Sie sich verlassen“, entgegnete Theresa und half John sogleich in seine Anzugjacke, stets bedacht auf die eingeschränkte Beweglichkeit seines Armes.
Langsam erhob sich John von der Liege und hielt sich seine rechte Seite fest. Jetzt, wo er stand, sah er hundeelend und blass aus.
„Weißt du, was wir jetzt tun werden? Ich bringe dich nach Hause und wir werden von dort aus arbeiten. Du

kannst so nicht ins Büro fahren“, schilderte Theresa ihre Sicht.
„Wahrscheinlich hast du recht.“
„Ich lasse mich von dem Fahrer kurz ins Büro bringen, hole den Kalender und den Laptop und dann sag ich deine Termine ab.“

„Verdammt!“, fluchte John, als er sich auf den Beifahrersitz der Limousine setzte, und schloss die Augen gegen den Schmerz, der in seinem gesamten Oberkörper zu explodieren schien und sich mit jeder Minute der Autofahrt verschlimmerte. Auf dem Weg durch die Lobby legte Theresa zärtlich ihren Arm um John, der froh war, sich ebenfalls etwas auf Theresa stützen zu können.
„Mia?“ Johns Ruf blieb unbeantwortet.
„Ich denke, sie ist einkaufen“, erklärte er.
„Bett oder Couch?“
„Bett“, sagte John nun und war froh, als er die weiche Matratze unter seinem geschundenen Körper spüren konnte.
„Das ist jetzt das zweite Mal innerhalb von zwei Tagen, dass ich dich in desolatem Zustand in dein Bett bringe, das ist dir schon bewusst, oder?“, fragte Theresa und befreite John wortlos von seinen Schuhen. „Und bereits das dritte Mal, dass ich dir deine Schuhe ausziehe. Wahrscheinlich muss ich bald eine Sonderzulage für

diese Dienste verlangen“, scherzte sie augenzwinkernd, obwohl es ihr gleichzeitig auch wichtig war, John vor Augen zu führen, wie schlecht er momentan zurechtkam. Sie kannte ihn noch nicht lange genug, war sich allerdings dank Emilys Schilderungen sicher, dass er seit Arthurs Unfall nicht besonders gut auf sich achtete.

„Ob du es glaubst oder nicht, ich habe wirklich ein schlechtes Gewissen, weil ich dich dort jedes Mal mit hineinziehe.“

„Das solltest du auch haben! Aber nicht wegen mir, sondern weil es Mist ist, was du dir und deinem Körper antust. Ich denke nicht, dass Arthur das gutheißen würde.“

„In dem Punkt muss ich dir wohl recht geben.“

„Möchtest du etwas essen oder trinken?“

„Trinken wäre toll. Ich brauche dringend diese Schmerztabletten.“

„Ich bin sofort zurück.“ Theresa war froh, dass sie bereits auf dem Weg zum Appartement an einer Apotheke angehalten hatten, da die Schmerzmittel aus dem Krankenhaus bereits eindeutig abgeklungen waren.

Nachdem Theresa John mit dem Nötigsten versorgt hatte, hinterließ sie Mia einen Zettel in der Küche und fuhr dann mit dem wartenden Fahrer ins Büro, um

ihren Laptop und den Kalender zu holen.
Glücklich darüber, niemandem begegnet zu sein, fuhr sie zurück zu John, wo Mia sie bereits aufgeregt in der Küche erwartete.

„Ich habe mich nicht getraut, nach ihm zu sehen. Geht es ihm denn gut?“, fragte sie sofort, aufrichtig besorgt.
„Er hat starke Schmerzen. Sie müssen darauf achten, dass er seine Schmerzmittel immer nimmt“, erklärte Theresa kurz und ging dann zum Schlafzimmer herüber. Sie klopfte zaghaft und öffnete die Tür, nur um John friedlich schlafend vorzufinden. Leise schloss sie diese wieder und ging zurück in den Wohnbereich.
„Mia, kann ich wohl Johns Büro benutzen? Ich muss dringend die E-Mails kontrollieren und die Termine absagen.“
Theresa war gerade in einem Telefonat, als sich die Tür zum Büro leise öffnete. John hatte sich eine Jogginghose und ein T-Shirt angezogen und sah nun wirklich krank aus. Kleider machten wirklich Leute, davon konnte sie ein ganz eigenes Lied singen.

„Aber natürlich, Mister Johannson, da bin ich ganz Ihrer Meinung. Ja, aber natürlich.“ Theresa lachte in das Telefon und John lächelte ebenfalls. Wie wohl sie sich in ihrer Haut zu fühlen schien. Sie so zu sehen, machte ihn glücklich. Nachdem Theresa das Telefonat beendet hatte, sah sie auf.

„Ich habe alle Termine abgesagt und ich war so frei, ein paar der E-Mails für dich zu beantworten. Du kannst das alles morgen durchsehen und dich für heute einfach schonen."

„Theresa, du bist eine Wucht."

„Danke, du darfst mich ruhig loben, ich bin selbst stolz", gab sie zu und lachte dann herzhaft. John lachte ebenfalls auf, verzog allerdings sofort sein Gesicht. Lachen war definitiv eine unglaublich schlechte Idee heute.

„Alles okay?", fragte Theresa alarmiert und ging auf John zu, der sich seine Seite erneut festhielt.

„Bestens. Nur nicht lachen."

„Versprochen", erwiderte sie und umfasste Johns Arm. „Komm, geh ins Bett. Ich denke, die Ruhe wird dir guttun heute. Ich verspreche dir, dass in der Firma alles in Ordnung ist, und wenn nicht, dann werde ich dich sofort informieren."

„Möchtest du hierbleiben heute Nacht?", fragte John und sah nun auf. Er hatte sich leicht nach vorne gebeugt und stand mit gesenktem Kopf vor Theresa, so dass sie fast gleichgroß waren.

„Soll ich denn hierbleiben?"

„Ja." Johns deutliche und schnelle Antwort überraschte sie.

„In Ordnung."

„Ich werde Mia fragen, ob sie dir Nachtwäsche und

Wechselkleidung besorgen kann."
„Ich möchte der armen Mia nicht so viel Arbeit machen. Ich fahre gleich, wenn ich Feierabend gemacht habe, kurz nach Hause und hole alles, was ich benötige."
„Glaub mir, es macht Mia nichts aus. Versprochen. Ich werde mich jetzt anziehen und zu Arthur fahren."
„John, du kannst so nicht zu Arthur fahren."
„Ich habe es ihm gestern versprochen. Er wird es nicht verstehen, wenn ich nicht komme."
„Wayne kann es ihm bestimmt erklären. Du musst heute an dich denken."
„Vielleicht hast du recht."
„Leg dich hin und schalte einfach mal ab. Ich werde Wayne anrufen und ihm Bescheid geben. Wir sehen uns gleich."
„Danke."
„Nicht dafür."

# KAPITEL 7

Um kurz nach sechs schaltete Theresa den Rechner aus und schaute auf ihren Terminkalender. Sie hatte Johns Besprechungen und Telefonkonferenzen für die nächsten zwei Tage ebenfalls abgesagt, was ihr Kopfzerbrechen bereitete. In Johns Kalender waren keine Krankheitstage vorgesehen. Alle Termine waren für Wochen vergeben und doch mussten sie nach und nach auch die ausgefallenen Termine irgendwie eingebaut bekommen. Theresa wusste, dass sie sich etwas einfallen lassen musste, doch nicht hier und nicht heute.

Sie durchquerte das große Wohnzimmer und blieb doch erst einen Moment vor dem Panoramafenster stehen, bevor sie sich zum Flur herumdrehte. Die Wohnung lag in Dunkelheit und Stille vor ihr, Mia war

noch einkaufen und John hatte sich an ihre Absprache gehalten und war in sein Schlafzimmer zurückgekehrt.
„Hey", sagte Theresa leise und trat zögernd in Johns Schlafzimmer ein. Ihr Blick fiel auf die Kühlbandage, die John um seine verletzte Seite geschlungen hatte.
„Auch hey", entgegnete er und versuchte sich aufzusetzen.

„Bleib ruhig liegen."
„Glaub mir, liegen geht genauso schlecht wie sitzen oder stehen", erklärte John, ließ sich allerdings dennoch in sein Kissen zurücksinken.
„Hattest du schon mal eine Rippenprellung?", fragte er und drehte seinen Kopf etwas, so dass er Theresa anblicken konnte, die sich auf seine Bettkante gesetzt hatte.
„Ob du es glaubst oder nicht, ich habe mir die Rippen immer direkt gebrochen."
„Immer?"
„Zwei Mal, um genau zu sein. Einmal bin ich von meinem Pferd Lucky gestürzt und einmal vom Traktor." John konnte sich ein Lächeln nicht verkneifen.

„Ich versuche mir das gerade vorzustellen – du bei der Farmarbeit."
„Und gelingt es dir?"
„Nicht mal im Entferntesten."
„Es war die schönste Zeit meines Lebens", gab Theresa

mit traurigem Blick zu.
„Es muss schwer sein, nicht dorthin zurückkehren zu können." Für einen Moment sah Theresa John geschockt an, er konnte nicht wissen, dass sie nicht zurückkehren konnte.
„Ich meine, weil der Hof doch abgebrannt ist", fuhr John fort.
„Ja, das ist es wohl", stammelte Theresa und beruhigte sich langsam wieder.
„Erzähl mir mehr von dem Leben dort. Es gefällt mir, dich so glücklich zu sehen."
„Was möchtest du wissen?"
„Erzähl mir, wie der Tag von Theresa Harding ausgesehen hat, bevor sie sich in mein Büro verirrt hat, bevor sie sich in diese große Stadt verirrt hat."

Theresa holte tief Luft und begann zu berichten. Vom täglichen gemeinsamen Frühstück mit ihren Eltern, von der Arbeit auf dem Hof, dem Vieh, dem gemeinsamen Mittagessen, von den langen und unbeschwerten Tagen am See, von ihrem Hund Fipsi, der nur wenige Tage vor dem Brand verstorben war, von all den wunderschönen Nächten im Stroh, den Campingabenteuern mit ihrem Vater, dem gemeinsamen Backen mit ihrer Oma, als diese noch gelebt hatte. Theresa konnte gar nicht mehr aufhören zu erzählen. Zu gut fühlte es sich an, über diese wunderbare Zeit zu sprechen, für ein paar Minuten ohne Wehmut zu sein.

„Ich kann nicht fassen, dass du das alles hinter dir lassen musstest", sagte John, nachdem Theresa schlussendlich verstummt war. Er hatte an ihren Lippen gehangen, hatte die einzelnen Szenen und Begebenheiten mit ihr durchlebt und für diese kurze Zeit seine eigenen Schmerzen vergessen.

„Vielleicht kannst du jetzt verstehen, weshalb ich mich hier so schlecht zurechtfinde und mir hier alles so fremd ist."

„Ja, das kann ich sehr gut nachvollziehen."

Theresa fühlte, wie ihre eigenen Emotionen sie langsam überrollten, und als die erste Träne auf ihre Hand tropfte, konnte sie ihre Emotionen sprichwörtlich spüren.

„Entschuldige, ich wollte dich nicht traurig machen", sagte John sofort.

„Ich vermisse das alles nur so sehr."

„Wie wäre es, wenn du dir ein paar Tage freinimmst und nach Hause fliegst? Du könntest deine Eltern besuchen und die Natur, den See."

„So einfach ist das nicht", erklärte Theresa und wischte sich ihre Tränen ab. Erst jetzt konnte sie Johns Hand auf ihrem Rücken spüren.

„Ist es nicht? Wenn es an der Finanzierung liegt, ich kann dir ein Flugticket besorgen."

„Nein, daran liegt es ebenfalls nicht. Es ist ... kompliziert."
„Was wäre das Leben ohne Komplikationen?"
„Aus Erfahrung kann ich dir sagen, wunderschön", gab Theresa nun zu und sah John wieder an. „Soll ich dir etwas zu essen machen? Du musst gleich wieder Tabletten nehmen und da solltest du etwas im Magen haben."

„Ich bin mir sicher, Mia ist bald zurück."
„Dann gönnen wir der lieben Mia mal ein paar freie Stunden. Ich koche gerne."
„Ich werde dir helfen."
„Du kannst gerne mitkommen und mir zusehen, aber du wirst keinen Handschlag tun."
„Jawohl, Ma'am."
John lehnte sich gegen einen der Barhocker, froh um die veränderte Position, und beobachtete Theresa, die den Kühlschrank und die angrenzende Speisekammer inspizierte.
„Wie wäre es mit Nudeln, Hähnchenbruststreifen und gedünstetem Gemüse?", fragte sie und stellte den Wok auf das übergroße Gaskochfeld.
„Meinetwegen gerne."

„Meine Güte, ich habe mir unterwegs bereits gedacht, dass ich zu spät dran bin. John, es tut mir so leid!", rief Mia erschrocken, als sie in die Küche hereinkam,

bepackt mit unzähligen Tüten, die sie auf dem großen Esszimmertisch abstellte.
„Mia, ich habe für Sie mitgekocht. Ich hoffe, Sie mögen mein Essen. Ich koche gerne und Sie waren schließlich größtenteils wegen mir unterwegs."
„Oh, das hat mir ebenfalls Spaß gemacht", gab Mia lachend zu.
„Na also. Ich hasse einkaufen und liebe kochen, dann sind wir uns doch einig", fasste Theresa zusammen.
„Allerdings muss ich zugeben, dass ich unterwegs bereits etwas gegessen habe. Ich würde jetzt also schnell die Einkäufe wegräumen und Sie dann für den Rest des Abends alleine lassen. Oder brauchst du noch etwas, John? Ich kann noch bleiben und ..."
„Danke, Mia, ich glaube, Theresa und ich haben hier alles im Griff."

John hatte Probleme, eine gemütliche Position am Esstisch zu finden, weshalb es damit endete, dass sie ihr gemeinsames Abendessen im Stehen an dem Tresen vor der Panoramascheibe einnahmen.
„Findest du es nicht trotzdem schön hier?", fragte John und ließ seinen Blick wieder einmal über die Stadt schweifen.

„Es geht. In der Nacht, aus diesem Blickwinkel vielleicht, aber das ist einfach nicht das, was ich als schön empfinden kann. Ich werde niemals

nachempfinden können, weshalb man sich auf so engem Raum zusammenfindet, warum man hier freiwillig lebt, in dieser Hektik und dem Trubel."
„Theresa, du musst ehrlich zu mir sein ..." Johns Stimme klang ungewohnt belegt.
„Ich war und bin immer ehrlich zu dir", unterbrach Theresa ihn mit fragendem Gesichtsausdruck.
„Das weiß ich, aber ich brauche eine Antwort auf eine Frage, die mich den gesamten Abend quält."
„Die da wäre?"
„Wirst du nach Montana zurückgehen, wenn du hier etwas Geld verdient hast?" Theresa atmete tief durch und starrte auf die Lichter der Stadt.
„So gerne ich das tun würde, es gibt für mich kein Zurück mehr. New York ist jetzt meine Heimat und ich werde hierbleiben und versuchen, mich hier zurechtzufinden."

Was blieb ihr auch anderes übrig?

Durch Johns Zustand saßen sie nicht mehr lange zusammen an diesem Abend. Theresa war erstaunt und erleichtert zugleich über den tadellosen Geschmack, den Mia bei der Auswahl ihrer Nachtwäsche getroffen hatte. Das Nachthemd war aus Seide, mit viel Spitze, und ihre Bürokleidung für den nächsten Tag bestand aus einer weißen Bluse mit einer Schleife am Kragen und einer schlichten schwarzen Hose, elegant und dennoch dezent.

Als sie am nächsten Morgen in ebendieser Kombination in den Wohnbereich trat, erhellte sich Mias Gesicht sofort.

„Ich habe gewusst, dass es Ihnen passen wird. Ich hoffe, es gefällt Ihnen."

„Es ist wunderschön. Vielen Dank!"

„Gern geschehen."

„Guten Morgen. Mia, da hast du dich aber selbst übertroffen", sagte John, als er Sekunden später ebenfalls hereinkam.

„Bei einer so hübschen jungen Frau kann man aber auch nicht viel falschmachen", gab Mia zurück und widmete sich dann wieder ihrem Rührei.

„Du siehst nicht gut aus", stellte Theresa nach einem Blick in Johns Gesicht fest, der tiefe Schatten unter den Augen hatte und übermüdet wirkte.

„Es war auch keine besonders erwähnenswerte Nacht. Wann haben wir heute den ersten Termin?"

„Darüber wollte ich noch mit dir sprechen. Ich habe für heute und morgen ebenfalls alle Termine abgesagt."

„Oh, Theresa! Das war mit Sicherheit lieb gemeint, aber ..."

„Ich weiß, du wirst es niemals schaffen, die Termine wieder aufzuholen, aber glaub mir, ich werde das regeln. Sieh dich an, du kannst nicht arbeiten, ganz egal, wie sehr du es auch bestreiten wirst. Morgen vielleicht, heute auf gar keinen Fall." John fuhr sich mit der Hand durch sein müdes Gesicht, das noch immer von den Schrammen und Spuren der besagten Nacht gezeichnet war.

„Lass uns heute auf jeden Fall die Mails durchgehen und morgen werde ich die normalen Telefonkonferenzen wahrnehmen."

„Einverstanden."

„Gut, dann lege ich mich jetzt wieder hin oder setze mich oder mache weiß Gott was."

„John?", fragte Theresa und wartete, bis John sich noch einmal zu ihr herumgedreht hatte.

„Soll ich eigentlich deinen Vater in Kenntnis setzen?"

„Das wäre wahrscheinlich eine gute Idee."

Theresa wählte schweren Herzens die Nummer von PT Chandlers privatem Handy, da sie sicherstellen wollte, nicht erst bei der lieblichen Cecil zu landen.

„John", meldete sich PT direkt am Apparat. Natürlich ging er davon aus, dass es John war, schließlich rief Theresa vom privaten Hausanschluss an.

„Hier ist Theresa Harding."

„Miss Harding."

„Mister Chandler, ich wollte Sie kurz darüber in Kenntnis setzen, dass Ihr Sohn gestern einen Autounfall hatte und voraussichtlich erst ab Donnerstag ins Büro zurückkehren wird."

„Richten Sie ihm aus, dass er den McQueen-Deal

abschließen muss“, erwiderte PT kurz und legte dann den Hörer auf.
Theresa saß für ein paar Minuten fassungslos da und lauschte dem Tuten an ihrem Ohr. Sie hatte kein Wort über Johns Gesundheitszustand verloren und es hatte ihn nicht einmal annähernd interessiert. Ihre Eltern wären wahrscheinlich verrückt geworden vor Sorge. Kein Wunder, dass John ein so schlechtes Selbstbild besaß.

Am Abend fuhr Theresa John unter Protest zu Arthur, der am heutigen Tag nicht in seinem Bett saß, sondern in einem elektrischen Rollstuhl. John setzte sich auf einen gegenüberliegenden Stuhl und auch wenn es ihm größte Schmerzen bereitete, so verlagerte er seine eigene Position so, dass er mit Arthur auf Augenhöhe sprechen konnte.

Auch in dieser Nacht blieb Theresa wieder in Johns Appartement und nahm am nächsten Tag die Büroarbeit gemeinsam mit John in dessen Heimbüro auf.

John bewegte sich noch immer zaghaft, mittlerweile hatte er allerdings die richtige Dosierung an Schmerztabletten gefunden, so dass es für ihn deutlich einfacher war, zu laufen und zu sitzen.

Am nächsten Morgen fuhren sie gemeinsam ins Büro, wo John wieder sein normales Tagesgeschäft aufnahm, und auch Theresa fuhr am Abend zurück in ihre Wohnung. Sie freute sich nicht darauf, wieder in ihren eigenen vier Wänden zu sein. Bei John hatte sie dieses Gefühl der unendlichen Sicherheit, das sie so sehr vermisste. Alleine in diesem alten Appartement beschlich sie direkt wieder ein ungutes Gefühl. Auf dem Weg zu ihrer Eingangstür schaute sie sich mehrmals um und konnte das Gefühl nicht abschütteln, beobachtet zu werden. Es war unmöglich, dass ER sie gefunden hatte, sie existierte nicht mehr.

In ihrem Briefkasten war der Brief mit dem Foto von John und Arthur angekommen, das sie entwickeln lassen hatte. Als sie es zur Hand nahm, konnte sie die Gänsehaut auf ihren Armen erneut spüren. Die Qualität war schlecht und doch war es perfekt.

Am nächsten Morgen stellte sie Johns Kaffee auf den Schreibtisch und blickte auf, als er nur Sekunden später durch die große Tür hereintrat.

„Guten Morgen, Theresa!“, sagte er lächelnd.

„Guten Morgen. Du siehst besser aus.“

„Ich habe geschlafen. Nicht viel, aber wenigstens etwas“, erklärte John und setzte sich dann langsam auf seinen Schreibtischstuhl. Theresa ging mit ihm die Termine und Anliegen des Tages durch, bevor sie ihren Platz für Dawn freigab. Am Mittag machte sie in der kleinen Teeküche das mitgebrachte Essen warm, wobei sie auch eine Portion für John eingepackt hatte. „Mittagessen ist fertig“, sagte sie und balancierte die zwei Teller zu Johns Besprechungstisch.

„Mittagessen?“

„Ich habe für dich mitgekocht. Du weißt doch, dass ich mir immer etwas mitbringe. Wenn du zu tun hast, kann ich natürlich auch draußen essen.“

„Nein, nein. Bleib ruhig.“

Beim gemeinsamen Essen unterhielten sie sich über Urlaubsreisen, wobei Theresa eingestehen musste, niemals zuvor woanders gewesen zu sein als auf der Farm. Insgeheim war sie davon ausgegangen, dass John schon weit herumgekommen war, doch tatsächlich hatte er sich meist in der Nähe aufgehalten, einfach auf dem Meer mit der ‚Freedom‘.

„Ich denke, früher war ich einfach zu jung, um zu reisen, und seit der Sache mit Arthur möchte ich sicherstellen, schnell zu Hause zu sein“, erklärte John und erhob sich dann. Die Arbeit wartete, so gerne er auch noch länger mit Theresa dort gesessen hätte.

„Warte, bevor du zurück an die Arbeit gehst, ich habe dir noch etwas mitgebracht“, unterbrach Theresa ihn und griff in die Innentasche ihres Blazers. Fragend blickte John auf den Umschlag und nahm diesen eher zögernd entgegen.

„Schau rein“, drängelte Theresa, die seine Reaktion kaum abwarten konnte. John öffnete den Umschlag

bedächtig und zog das Foto langsam heraus.
„Herzlichen Glückwunsch zum Geburtstag“, flüsterte Theresa und musste feststellen, dass sämtliche Farbe aus Johns Gesicht gewichen war.
„Wann ...?“
„Ich habe es mit meinem Handy aufgenommen, nach der abgebrochenen Bootstour.“
„Mein Gott, Theresa.“ John blickte auf und Theresa trafen die Tränen in seinen Augen vollkommen unvorbereitet.
„Ganz egal, was die Mediziner sagen, bitte zweifele nie wieder daran, dass er dich erkennt. Er reagiert auf dich“, sagte sie leise. John legte das Bild auf den Tisch und war mit zwei langen Schritten bei Theresa angekommen. Seine Hände umfassten ihre Wangen und ihr Kopf wirkte klein und zerbrechlich zwischen seinen großen Händen.
„Du bist unglaublich!“, sagte John und noch immer blitzten die Tränen in seinen Augen. Theresa hatte die Luft angehalten und schloss die Augen, als Johns Lippen ihre berührten. Es war ein Kuss voller Verzweiflung, voller Dankbarkeit und unausgesprochener Gefühle. Als John wieder zurückwich, senkte er seinen Kopf und presste seine Stirn gegen Theresas, seine Hände ruhten noch immer auf ihren Wangen.

„Du bist unglaublich“, wiederholte er seine Worte,

bevor er sich komplett von ihr löste. Zwischen ihnen lagen hunderte unausgesprochene Fragen.
„Ich ..." Theresa räusperte sich. „Ich habe einen Kuchen für dich gebacken."
„Lass uns heute Abend feiern. Sobald der letzte Termin vorbei ist, machen wir Feierabend und gehen auf die ‚Freedom'. Woher um alles in der Welt weißt du eigentlich, dass heute mein Geburtstag ist?"
„Ich bin deine persönliche Assistentin, ich weiß so einiges über dich", gab Theresa lachend zurück und verließ dann Johns Büro, ein sanftes und verträumtes Lächeln auf den Lippen.

John lächelte Theresa verlegen an, als er um 18 Uhr von seinem letzten Meeting zurückkehrte. „Feierabend für heute. Lass uns fahren", sagte er und rief dann einen Fahrer an.

„Meine herzlichsten Glückwünsche zum Geburtstag, John", erklang die unverkennbare Stimme von Cecil, die sich im letzten Moment noch zu ihnen in den Aufzug schob.
„Vielen Dank", erwiderte John kühl. Weder sein Vater noch seine Mutter hatten sich gemeldet, doch mittlerweile schmerzte es ihn kaum noch.
Auf dem Rücksitz des Autos angekommen, nahm John endlich Theresas Hand und zog sie sanft an sich, um sie erneut zu küssen.

„Oh nein! Ich habe deinen Kuchen vergessen!"
„Gordon, würden Sie bitte den Kuchen aus der Teeküche in meiner Etage holen?", sprach John den Fahrer an, der nur kurz in den Rückspiegel blickte.
„Sehr gerne, Sir", antwortete er und Theresa konnte sich ein Lachen nicht verkneifen, als er die Tür hinter sich geschlossen hatte.
„Was ist?", fragte John nach.
„Sehr gerne, Sir … als ob er Lust hätte, das jetzt zu machen", erklärte Theresa mit einem Kopfschütteln.
„Du bist unbeschreiblich", erwiderte John und küsste Theresa erneut.

„Ich denke, es ist nicht der richtige Zeitpunkt, um zu fragen, wie es mit uns jetzt weitergeht, oder?", fragte Theresa leise. Sie waren mit der ‚Freedom' etwas aufs Meer herausgefahren und hatten sich den Kuchen und Champagner schmecken lassen, während vor ihnen die glitzernde Sonne langsam im Meer versunken war. Mittlerweile lehnte Theresa an Johns gesunder Seite, ihr Kopf ruhte sanft auf seiner Brust, seine Hand kraulte langsam ihren Rücken.
„Ich bin immer noch der Meinung, dass ich nicht gut für dich bin. Du hast keine Ahnung, worauf du dich hier einlässt, und ich möchte dir das nicht antun. Ich möchte dich nicht auch noch enttäuschen!"

„Siehst du, und ich bin immer noch der Meinung, dass ich nicht gut genug für dich bin. Da sind wir uns

doch eigentlich einig", erwiderte Theresa und löste sich von John, so dass sie sein Gesicht sehen konnte.
„Ich meine es ernst! Ich bin kein guter Mensch, es gibt Dinge, von denen du nichts weißt."

„Jeder Mensch hat Geheimnisse", fügte Theresa an und senkte dann kurz ihren Blick. Wenn John wüsste, wie viele Geheimnisse auf ihren Schultern lasteten.
„Da hast du vermutlich recht", pflichtete ihr John bei.
„Was haben wir denn zu verlieren? Wenn es nicht funktioniert, dann werden wir es merken. Ich jedenfalls kann nicht länger bestreiten, Gefühle für dich zu haben."
John fasste sanft unter Theresas Kinn und hob so ihren Kopf etwas, um sie zu küssen.

„In Ordnung", sagte er und sah dabei tief in ihre Augen. „Aber bitte sag mir, wenn ich dich verletzen sollte. Du weißt, dass ich nicht gut in so was bin."
„Du bist besser in ‚so was', als du glaubst."
Sie blieben noch lange mit der ‚Freedom' draußen, schauten in den Sternenhimmel und redeten, nicht im Entferntesten auf die kleinen und großen Bedrohungen vorbereitet, die so unheilvoll nahten.

Theresa hatte mit vielem gerechnet, aber nicht mit der Leichtigkeit, die seit dem Kuss auf der ‚Freedom' zwischen ihnen herrschte. John war ausgelassen fröhlich und auch wenn sie auf der Arbeit weiterhin komplett professionell miteinander umgingen, so verbrachten sie jeden einzelnen Abend zusammen, gingen essen, ins Kino, schauten fern oder redeten bei einer Flasche Wein. Ganz so, wie jedes normale Paar in einer normalen Beziehung.

„Das Essen war hervorragend!“ Theresa wischte sich den Mund mit der Stoffserviette ab und trank einen weiteren Schluck von ihrem Wein, den John extra für diesen Abend ausgesucht hatte. Theresa konnte sich nur auf ihren Geschmack verlassen, von all den Details, die den Wein sonst noch ausmachten, hatte sie keine Ahnung. Ein fruchtiges Bouquet, eine blumige Note, das alles war ihr ein Rätsel, entweder er schmeckte oder er schmeckte eben nicht. Dieser Wein schmeckte vorzüglich.

„Es hat mich Stunden gekostet“, scherzte John und erhob sich von seinem Stuhl ihr gegenüber. „Kannst du tanzen?“, fragte er herausfordernd.

„Tanzen? Ich kann dir einen einmaligen Squaredance hier hinlegen.“

„Oh, ich befürchte, da muss ich passen.“

„Ich denke auch, das wäre nicht die richtige Lösung für deine Rippen.“

„Wahrscheinlich nicht. Ich dachte auch eher an etwas Romantisches.“ Theresa schluckte, als John ein langsames Lied auflegte, das sie nicht sofort erkannte.

„Was ist das?“, fragte sie und lächelte, als sie die ersten Worte hörte.

„Damien Rice – It Takes a Lot To Know a Man.“
„Interessante Liedtextwahl.“
„Rein zufällig.“
Das verschmitzte Grinsen auf Johns Gesicht war nicht zu übersehen, als er die Hand nach Theresa ausstreckte und sie nach oben zog. Mit einem Ruck presste er ihren Körper an seinen und die beiden begangen sich langsam zu dem Lied zu bewegen. Johns Hand fuhr an Theresas Rücken hinauf und seine Finger umfassten den Reißverschluss. Sanft drückte er sie ein Stück von sich, suchte ihre Augen und fand die leise Zustimmung in ihnen. In einer fließenden Bewegung zog er den Reißverschluss auf und ließ das Kleid zu Boden gleiten, während seine zarten Hände die nackte Haut auf ihrem Rücken berührten. Wieder sah er ihr in die Augen, versicherte sich, dass alles in Ordnung war, bevor er ihren BH öffnete.
Theresa schloss ihre Augen und legte leicht den Kopf zurück, als sie seine Zunge an ihren Brustwarzen spürte.

„Du bist wunderschön“, sagte er sanft und begab sich auf die sinnliche Reise, ihren Körper zu erkunden, jeden Zentimeter, jedes Härchen, jede einzelne Pore. Ihm entgingen nicht die Narben an ihrem Körper und

auch Theresa entgingen seine tiefen und markanten Narben nicht, nachdem sie ihn von seinem weißen Hemd befreit hatte.
Sie beide waren unweigerlich durch das Leben gezeichnet worden. Die Spuren der dunklen Zeiten für immer sichtbar auf ihren Körpern.

Die Gänsehaut auf Theresas Haut verstärkte sich, als John sie sanft auf die Glastischplatte drückte, ohne dabei von ihr abzulassen. Theresa stöhnte auf, als John sanft und vorsichtig in sie eindrang. Noch nie hatte sie sich bei einer Person so sicher und geborgen gefühlt.

„Woher sind die Narben an deinem Körper?“, fragte John und strich über eine große Narbe an Theresas Bauch. Mittlerweile waren sie zum Bett herübergegangen, doch weder Theresa noch John hatten sich angezogen. Lediglich Johns Stützverband verbarg Theresa den kompletten Blick auf seinen Oberkörper.
„Ich bin auf dem Land aufgewachsen. Die Narbe stammt von einem Ausritt, bei dem ich im Stacheldrahtzaun gelandet bin“, erklärte Theresa, ohne die ganze Wahrheit zu erzählen. Sie wollte jetzt nicht darüber nachdenken, was ER ihr angetan hatte. Wollte nicht über eine bestimmte Narbe nachdenken. Theresa stützte sich auf ihre Ellbogen, ihre Finger fuhren die verschiedenen Narben an Johns Arm, seinem

Oberkörper und seinem Schlüsselbein entlang. Die Narben in Kombination mit Johns eingeschränkter Mobilität verrieten ihr genug darüber, wie schwer auch er bei dem Unfall vor all den Jahren verletzt worden war.

„Geht es deinen Rippen gut?“, fragte Theresa und legte sanft ihre Hand auf den Verband. Sie hatte nicht eine Minute darüber nachgedacht, dass John gegen jeglichen ärztlichen Rat verstoßen hatte.

„Alles eine Frage der Schmerztabletten“, scherzte John mit einem Augenzwinkern und strich Theresa eine Haarsträhne aus dem Gesicht.

„Du bist wunderschön“, flüsterte er und schloss die Augen bei ihrem sanften Kuss. Noch nie hatte er sich bei einem anderen Menschen so wohl, so aufgehoben und geschützt gefühlt wie bei Theresa. Bei ihr hatte er keine Angst, seine Narben zu zeigen, denn er musste keine Angst haben vor ihren Fragen. Im Gegensatz zu all den anderen kannte sie seine Geheimnisse, fast alle ...

Am nächsten Abend lächelte Theresa unwillkürlich, als sie durch den Türspion schaute und nichts sah als rote Rosen.

„Ich kaufe nichts von Fremden“, scherzte sie und lachte, als John sich direkt herumdrehte. Lässig öffnete sie die Tür und blickte auf einen überdimensionalen

Rosenstrauß. Theresa hatte ihre Zeit bis jetzt immer bei John verbracht, verständlicherweise, wenn man ihre beiden Wohnungen miteinander verglich. Für den heutigen Abend hatte John sich eigentlich entschuldigt, da er den Abend mit Arthur verbringen wollte.
„Womit habe ich das verdient?“, fragte Theresa und öffnete die Tür weiter, so dass John eintreten konnte. Er übergab ihr den Rosenstrauß mit einem langen, zärtlichen Kuss.
„Eine Rose für jeden einzelnen Tag, den du es bis jetzt mit mir ausgehalten hast. Es sind einunddreißig.“

„Siehst du, den ersten Monat haben wir geschafft und es war gar nicht schwierig“, gab Theresa augenzwinkernd zurück, bevor sie die Rosen in einen Putzeimer stellte.
„Sehr festlich.“ John konnte sich ein Kopfschütteln nicht verkneifen.
„Ach komm, selbst du hast keine Vase für einunddreißig Rosen.“
„Da liegst du falsch!“
„Natürlich hast du eine Vase für einunddreißig Rosen. Wie konnte ich auch nur eine Sekunde daran zweifeln?“ Theresa lachte kopfschüttelnd. „Möchtest du heute hierbleiben?“, fragte sie verlegen.
„Ist dein Bett bequem?“
„Für mich ja, für dich mit Sicherheit nicht.“
„Ich habe keine Sachen dabei, aber die Rosen wollte ich

dir wenigstens übergeben."
Theresa zuckte sichtbar zusammen, als es erneut an der Tür klingelte.
„Dein Fahrer?", fragte sie und sah John dabei mit großen Augen an.
„Nein. Ich bin selbst gefahren und stehe definitiv nicht im Halteverbot." John ging einen Schritt vor, um die Tür zu öffnen, doch Theresa hielt ihn zurück.
„Warte", sagte sie und schaute in Johns fragendes Gesicht.
„Erwartest du deinen Zweitfreund?", fragte er verwirrt und dennoch scherzend. Das erneute Klingeln ließ Theresa erschaudern.
„Was ist los?" John wurde schlagartig ernst, als er die Panik in ihrem Gesicht sah.
„Ich erwarte niemanden."
„Das ist aber kein Grund, so auszuflippen." Erst jetzt wurde Theresa bewusst, dass sie sich zitternd an John festkrallte. Ihre Fingernägel hatten sich bereits in seine Haut gebohrt.

„Lass mich nachschauen, wer dort ist." Johns Stimme war ruhig, bevor er entschlossen zur Tür herüberging und durch den Spion blickte. Er konnte niemanden im Flur erkennen und war sich ziemlich sicher, dass die Haustür zur Straße vor fünfzig Jahren zuletzt verriegelt werden konnte, so kaputt und verrostet, wie sie war. Mit einem Ruck öffnete John die

Tür und sah sich in dem dunklen Flur um, wo niemand zu sehen war.

„Vielleicht haben ein paar Kinder Klingelstreiche gespielt“, sagte er und schloss die Tür hinter sich. Als er sich herumdrehte, musste er feststellen, dass Theresa mit Tränen in den Augen weit möglichst von der Tür zurückgewichen war. Sie stand noch immer zitternd und starr vor Schreck vor einer Wand.

„Ist alles in Ordnung? Gott, Theresa, was ist denn los?“ Ohne zu zögern, schloss er sie in seine Arme, und hielt sie fest, konnte das Zittern ihres Körpers spüren.

„Theresa ...“ Er versuchte beruhigend zu klingen und seine eigene Sorge über ihre Reaktion zu überspielen.

„Komm, wir fahren zu mir, okay? Pack dir ein paar Sachen ein und dann los.“ Sanft küsste er ihre Haare und blickte in die verweinten, wunderschönen Augen.

„Ich werde niemals zulassen, dass dir etwas passiert“, flüsterte er.

Ohne ihm eine Erklärung für ihr Verhalten zu geben, löste Theresa sich von John und ging in ihr Schlafzimmer. Sie überlegte noch, das Messer zu verstecken, welches wie immer dort neben ihr auf dem Bett lag, und doch wusste sie, dass es zu spät war.

„Theresa, was geht hier vor sich?“, fragte John irritiert, als er das Messer erblickte.

„Ich habe Angst in dieser großen Stadt“, sagte sie knapp, erleichtert darüber, dass John sich zumindest für jetzt mit dieser Erklärung zufriedengab.

Theresa sah sich ängstlich um und stockte, nachdem sie in den Flur herausgetreten war. Wahrscheinlich hatte John recht und es waren nur ein paar dumme Kinder gewesen, die einen Klingelstreich gespielt hatten, und doch schlug ihr Herz bis zum Hals, die Panik drohte ihr die Luft zum Atmen zu nehmen.

„Komm!“ Johns Stimme war sanft und doch bestimmend. Theresa konnte seinen starken Arm auf ihrem Rücken spüren. Er hatte sie dicht an sich gepresst, als könnte er ihr somit die Angst nehmen.

Erst als sie ausgeparkt hatten und sich von ihrem Appartement entfernten, atmete Theresa etwas durch, die Panik wich nun der Angst und einer neuen Gewissheit, die sie beinahe erdrückte. Wenn ER sie finden würde, würde er auch John finden. Sie konnte und durfte ihn nicht in Gefahr bringen. Wieso hatte sie nicht früher darüber nachgedacht?

„Hast du etwas dagegen, wenn ich sofort ins Bett gehe?“, fragte Theresa, die allen Gesprächen auf dem Weg zu Johns Appartement aus dem Weg gegangen war.

„Nein, wenn du müde bist ...“ John hatte tausende Fragen, wusste allerdings, dass er heute und hier keine Antworten mehr bekommen würde. Zumindest nicht von Theresa selbst.

Am nächsten Morgen schlief Theresa lange. Erst spät hatte sie in den Schlaf gefunden. Zu viele Gedanken waren in ihrem Kopf herumgegangen, zu viele viel zu dunkle Gedanken. Sie würde mit John reden müssen, doch wie sollte sie ihm das alles erklären? Es war keine Frage, dass sie ihm vertraute, wahrscheinlich hatte sie außer ihrer Familie nie einem Menschen mehr vertraut, und doch hatte sie Angst vor seiner Reaktion. Er trug schon so viel auf seinen Schultern, war es gerechtfertigt, ihn dort mit hineinzuziehen?
„Guten Morgen", sagte sie leise und ging zu John herüber, der sich mit einem Arm an der Glasscheibe abstützte und auf die Stadt hinabblickte. Theresa wurde bei dem puren Gedanken, so dort an der Glasfront zu stehen, bereits schwindelig.
„Den wünsche ich dir auch", erwiderte John und drehte sich langsam herum. Er konnte sehen, dass Theresa geweint hatte, und von ihrer Körpersprache her fühlte sie sich genauso unwohl, wie er sich gerade fühlte. Theresa reckte sich ein Stück nach oben, um John zu küssen, der sich zu ihrer Überraschung wegdrehte. Theresas Herz setzte für einen Schlag aus und sie schnappte nach Luft. „John", flüsterte sie leise. Vielleicht hatte er recht, vielleicht war es besser, wenn sie nun ging, wenn sie ihn nicht noch weiter mit hineinzog.

„Wir müssen reden." Seine Stimme war ernst,

genauso wie der Ausdruck in seinen Augen.
„Ist alles in Ordnung?“ Theresas Stimme zitterte unweigerlich.
„Sag du es mir. Ich habe Nachforschungen angestellt.“
„Nachforschungen?“, fragte Theresa und zog ihre Augenbrauen hoch.

„Es gab einen großen Artikel über den abgebrannten Hof. Es war das Top-Thema in den Nachrichten, nicht zuletzt, weil an jenem Tag die Tochter der Familie Harding, Theresa Harding, den Flammen zum Opfer fiel. Theresa, was genau wird hier gespielt? Bist du überhaupt die Theresa Harding, für die du dich ausgibst?“
Theresa hatte sämtliche Farbe aus ihrem Gesicht verloren.
„Ich … ich kann das alles erklären.“
„Ja, kannst du das? Auf die Erklärung bin ich gespannt.“
Unsicher fuhr Theresa sich durch die Haare und blickte John mit Tränen in den Augen an.

„Ich musste an diesem Tag aufhören zu existieren.“
„Das scheint dir gut gelungen zu sein. Ich brauche Antworten!“ Seine Stimme war flehend.
„Es war Brandstiftung. Der Hof, die Stallungen, unser ganzen Hab und Gut wurde absichtlich angezündet und es war meine Schuld. Ich habe mich mit dem falschen Mann eingelassen. Es war besser, alles

zurückzulassen und zu verschwinden in dieser Nacht. Er wollte mir alles nehmen und hat in Kauf genommen, dass meine Familie und ich bei diesem Feuer sterben. Glücklicherweise konnten wir uns retten. Als wir auf dem Feld standen und hilflos mit ansehen mussten, wie uns das Feuer alles nahm, unser ganzes Leben, alles, wofür wir je gearbeitet hatten, alles, was wir kannten, in diesem Moment haben wir beschlossen, dass es das Beste wäre, wenn wir behaupten, ich sei in den Flammen ums Leben gekommen. Ich habe mich auf dem Feld versteckt und bin am nächsten Tag nach New York aufgebrochen, um mich in Sicherheit zu bringen."
„Hat die Polizei diesen Irren denn nicht gefasst?"
„Das ist das Problem. Sein Vater ist ein hoch angesehener Abgeordneter, sein Onkel der Polizeichef. Es gab nichts, was wir hätten tun können. Die Polizei hätte uns nicht geglaubt oder nichts unternommen. Nick ist wahnsinnig, ich habe es nur leider viel zu spät erkannt. Er hat mich mit seinem Charme umworben und erst, als wir dann in einer Beziehung waren, wurde nach und nach deutlich, wie krank er war, wie krank er ist. Ich habe versucht, mich von ihm zu trennen, er hat mich windelweich geprügelt. Er hat meine Familie bedroht, sich mit meinem Vater geprügelt, es gab kein Entkommen für mich."

„Theresa, dieser Irre muss aufgehalten werden. Du kannst dich doch nicht dein Leben lang vor ihm

verstecken."
„Doch, das kann ich und das werde ich. Er hat mir schon alles genommen. Es gibt keine Hinweise darauf, dass ich den Brand überlebt habe, und hier in New York wird er mich mit Sicherheit weder suchen noch finden."
„Kein Mensch kann einfach so von der Bildfläche verschwinden. Es ist vollkommen weltfremd, einfach vor ihm davonzulaufen, in der heutigen Zeit der modernen Kommunikation. Er wird dich finden, wenn er das möchte. Ich meine … sieh dich doch um, führe dir vor Augen, womit ich mein Geld verdiene. Er wird dich finden."
„Er denkt, ich wäre tot."
„Tut er das? Hat man menschliche Überreste in dem Gebäude gefunden? Wahrscheinlich nicht. Wenn er so krank ist, wie du sagst, dann wird er dich finden! Vielleicht nicht heute, vielleicht auch nicht morgen, aber irgendwann wird er dich finden."

Theresa rollten mittlerweile die Tränen über die Wangen.

„Und was soll ich deiner Meinung nach tun? Soll ich einfach wieder nach Hause zurückkehren, soll ich wieder zu ihm zurückkehren?"
„Natürlich nicht! Ich werde versuchen, etwas zu regeln, ich habe gute Kontakte, wie du dir vielleicht denken kannst."

„John, ich glaube, das ist keine gute Idee."
„Du kannst nicht dein Leben lang vor ihm davonlaufen und außerdem gehört er bestraft für das, was er dir und deiner Familie angetan hat. Was ist mit seiner nächsten Freundin? Möchtest du, dass irgendeine Frau dort draußen das gleiche Schicksal noch einmal erleidet?"
„Nein." Theresas Stimme brach, als John den Punkt ansprach, über den sie sich seit jenem Tag die größten Vorwürfe machte. Was, wenn er ein neues Opfer auserkor, was, wenn er ihr etwas noch Schlimmeres antat, obwohl sie es hätte verhindern können?
„Bitte erlaube mir, dass ich ein paar Telefonate führe."
Theresa nickte stumm. Mittlerweile zitterte sie am ganzen Körper. Die Ereignisse hatten sie ohne Vorwarnung wieder eingeholt, die Tränen brannten in ihren Augen und rollten ungehindert ihre Wangen entlang.

„Komm her, ich verspreche dir, dass alles gut werden wird. Wir kriegen das hin. Alles wird gut. Ich werde nicht zulassen, dass er dir noch einmal etwas antut, versprochen. Ich bin da und werde auf dich aufpassen", flüsterte John und wiegte sie sanft in seinen Armen. Zärtlich küsste er ihre Haare und hielt ihren zitternden Körper fest, selbst komplett schockiert darüber, was dieser liebe Mensch alles hatte durchmachen müssen.
„John, ich möchte dich da nicht mit reinziehen.

Wirklich nicht. Ich hätte mich nicht von meinen Gefühlen übermannen lassen dürfen. Das Ganze ist nicht fair."

„Hey, sieh mich an." John nahm ihr Gesicht zwischen seine starken Hände.

„Hör auf damit! Ich bin bei dir, egal, was passiert, egal, was noch kommt, okay? Du hast mich gefunden und angenommen, so wie ich bin, und das Gleiche gilt für mich. Wir werden das jetzt zusammen durchstehen."

„Ich glaube nicht, dass du verstehst, wie gefährlich er ist."

„Die Tatsache, dass du jetzt hier bist und nicht in Montana bei deiner geliebten Familie, sagt mir mehr als tausend Worte und trotzdem werden wir das jetzt zusammen durchstehen." John küsste sie leidenschaftlich und nickte ihr dann zu, nachdem er sich wieder von ihr gelöst hatte.

Theresa verbrachte den Tag wie in Schockstarre und bekam nur am Rande mit, wie John telefonierte und arbeitete, während sie selbst auf der Couch saß und versuchte, ihre Gefühlswelt wieder unter Kontrolle zu bekommen.

„Geht es Ihnen heute nicht gut, Theresa?", fragte Mia, die besorgt in Theresas verweinte Augen blickte. John hatte sich in seinem Arbeitszimmer verschanzt und hin und wieder klang seine Stimme durch die Tür.

„Kein Grund zur Sorge", erwiderte Theresa und blickte

tapfer lächelnd auf.
„Mister Chandler ist schon mal schwierig, aber er steht sich oft nur selbst im Weg. Er hat schon viel mitgemacht, seien Sie nicht zu hart zu ihm."
„Oh, nein, nein, es geht nicht um Mister Chandler und ..." Theresa hielt kurz inne. „... es geht nicht um uns. Es ist alles in Ordnung, Mia."
Mit diesen Worten erhob Theresa sich und stand entschlossen auf. Wahrscheinlich konnte John ihre Hilfe gut gebrauchen, sie konnte sich nicht einfach hängenlassen. Es hatte sich nichts geändert, außer, dass John nun Bescheid wusste und noch immer zu ihr stand.
„Okay, was kann ich tun?", fragte Theresa und verstummte, als sie sah, dass John am Telefon war.
„Ganz genau, Nick Jones", erwiderte John und sein Blick schnellte nach oben. Theresa war sämtliche Farbe beim Klang des Namens Nick Jones aus dem Gesicht gewichen. Langsam ließ sie sich auf die Couch sinken und mit einem Mal war all ihre mühevoll zusammengenommene Selbstbeherrschung wieder dahin.

„Ich möchte, dass Sie ihn finden, und ich brauche alle Informationen über ihn. Natürlich schnell, am besten gestern. Gut. Ja, damit kann ich mich arrangieren. Alles klar. Vielen Dank, Mary Sue. Bis später."

„Wer war das?“ Theresas Stimme klang brüchig.
„Mary Sue Anderson, meine Geheimwaffe, wenn es darum geht, unsere Programme zu testen. Sagen wir mal so, dank ihr ist unsere Firma den anderen meist einen Schritt voraus.“
„Ich denke, ich will das nicht wissen, richtig?“
„Sehr richtig. Sie wird dieses Arschloch finden.“ Theresa konnte den drohenden Ton in Johns Stimme nicht ignorieren.
„Und dann? Ich kann dir auch einfach seine Nummer geben und du kannst ihn anrufen. Was soll das bringen, John? Er ist nicht derjenige, der sich versteckt, ich bin es.“
„Ich weiß, aber ich brauche einen Plan und um diesen entwickeln zu können, brauche ich zunächst einmal alle erdenklichen Informationen, die ich bekommen kann. Bitte, Theresa, du musst mir vertrauen. Ich werde nichts unternehmen, was dich in Gefahr bringen könnte, okay?“
„Ich vertraue dir“, sagte Theresa nun ehrlich und musterte Johns Gesicht. „Kann ich dir helfen?“

„Ich möchte, dass du dich so richtig verwöhnen lässt. Würdest du mir den Gefallen tun?“ Theresa blickte mit zusammengezogenen Augenbrauen auf.
„Einer unserer Fahrer wird dich gleich zu einem großartigen Spa fahren, wo du dich den ganzen Tag verwöhnen lassen kannst. Massagen, Pediküre,

Maniküre, Frisör, schwimmen, Sauna, was immer du möchtest. Ich habe es für heute gebucht."
„Aber John ..."
„Nein, bitte, Theresa. Ich kann nicht mit ansehen, wie sehr du leidest. Ich kann nichts tun, damit das Leid verschwindet, das du schon durchmachen musstest, aber bitte, nur für heute, lass dich verwöhnen. Ich denke, es wird dir guttun, einen Tag abzuschalten. Dough, der Fahrer, wird die ganze Zeit dortbleiben und die Eingangstür bewachen, so dass du dich zu jederzeit in Sicherheit wiegen kannst, okay?"
„Okay."
Als Theresa am Abend nach Hause fuhr, fühlte sie sich wahrhaftig wie ein anderer Mensch. Sie war den ganzen Tag durchgeknetet und verwöhnt worden. Ihre Haut roch nach ätherischen Ölen, ihre Haare waren frisch geschnitten und geföhnt, ihre Fingernägel waren gepflegt und lackiert. Zwar hatte sie sich immer eingeredet, dass sie sich nichts aus solchen Sachen machte, und doch hatte sie es geliebt, so sehr verwöhnt zu werden.
Das Verwöhnprogramm setzte sich zumindest für sie nahtlos fort.
„Kann ich Ihr Essen servieren?", fragte Mia, als sie Theresa erblickte.

„Sehr gerne, ich habe wirklich Hunger. Wo ist denn John?"

„Ich soll Ihnen ausrichten, dass er noch einige Termine wahrnehmen muss, Sie sollen nicht auf ihn warten."

„Oh." Theresa versuchte ihre Enttäuschung zu verbergen. Sie hatte nichts von weiteren Terminen gewusst und doch war sie sich sicher, dass John seine Gründe haben würde.

Als sie am nächsten Morgen aufstand, kam ihr John bereits aus dem Arbeitszimmer entgegen. Sie hatte die ganze Nacht vergeblich darauf gewartet, dass er zu ihr ins Bett kam. Mit einem Blick musste Theresa feststellen, dass er abgespannt wirkte, unter seinen Augen lagen dunkle Schatten. „Hast du nicht geschlafen?", fragte Theresa überrascht.

„Nicht viel. Deine Haare sehen wunderschön aus", lenkte John galant vom Thema ab und küsste Theresa zärtlich.

„Hat es dir gefallen?", fragte er, doch Theresa hörte seine Frage nicht, als sie die Kaffeetasse in seiner Hand zittern sah. Seit mehreren Wochen hatte sie ihn nicht mehr so gesehen. Irgendetwas stimmte nicht.

„John, ist alles in Ordnung?"

„Ich habe gute Fortschritte gemacht, aber ich möchte dich wirklich nicht damit belasten. Außerdem muss ich noch mal ins Büro. Ich konnte einige Termine auf heute verschieben", antwortete John fahrig. „Fühl dich einfach wie zu Hause, ich werde erst spät zurück sein."

„John, warte!“ Theresa hielt ihn am Arm fest und sah ihn dabei direkt an, wobei ihr nicht entging, dass John seinen Blick sofort abwandte.

„Geht es dir gut?“

„Aber natürlich. Glaub mir, wir werden das schon alles hinkriegen. Ich muss los. Wir sehen uns heute Abend.“ Mit einem schnellen Kuss verabschiedete er sich und ließ Theresa ratlos im Wohnzimmer stehen.

Theresa hatte, wie an jedem Sonntag, mit ihren Eltern telefoniert, sie aber vollkommen im Dunklen gelassen über die neusten Erkenntnisse. Ihre Mutter war viel zu aufgeregt gewesen, ihr von einem neuen Job in einem kleinen Lebensmittelgeschäft zu erzählen, als dass sie die Stimmung hätte zerstören wollen. Auch wenn sie sich den ganzen Tag über große Mühe gegeben hatte, so konnten sich ihre Gedanken nicht von John und seinem Zustand am Morgen lösen. Dieses unheilvolle Zittern. Sie brauchte eine Antwort und doch wusste sie, dass John sie ihr nicht geben würde. Den ganzen Tag über hatte Theresa versucht, sich abzulenken. Sie hatte die eine oder andere DVD aus der beachtlichen Sammlung in den DVD-Player geschoben, doch nichts konnte sie von ihren Gedanken ablenken.

„Theresa?“ Eine leise Stimme riss sie aus ihren Träumen.

„Hey“, sagte sie verschlafen. Sie musste irgendwann

eingeschlafen sein, obwohl sie sich fest vorgenommen hatte, auf John zu warten.
„Ich hätte dich ins Bett getragen, aber ich denke, meine Rippen hätten da nicht mitgespielt“, gab John zurück und setzte sich auf eine Ecke der Couch. Sanft strich er ein paar Haarsträhnen hinter ihr Ohr und ließ seine Hand über ihre zarte Wange gleiten.
„Ich habe mir Sorgen um dich gemacht“, gab Theresa nun zu und betrachtete John im spärlichen Licht.
„Um mich? Ich habe doch gesagt, es wird später.“
„Du zitterst wieder“, brachte Theresa nun an. Johns Blick war unergründlich und doch konnte sie eine gewisse Traurigkeit entdecken.
„Ich weiß“, war alles, was er entgegnete.
„Ich habe Angst um dich.“
„Das brauchst du nicht. Es waren nur lange Tage. Komm, lass uns ins Bett gehen. Es ist schon spät und die Arbeit wartet.“
„Wie sind die Termine gelaufen heute?“
„Sehr gut. Ungewöhnlich für einen Sonntag, aber sehr gut.“

„Warst du bei Arthur?“
„Ja, ihm geht es auch gut. Komm.“ John zog Theresa sanft nach oben und legte einen Arm um sie. Im Licht des Schlafzimmers konnte sie sehen, wie erschöpft er wirklich aussah. Und er zitterte. Noch immer.
„Weißt du eigentlich, woher das Zittern kommt?“,

fragte Theresa, die das Thema nicht ruhen lassen konnte.
„Kannst du bitte aufhören, dich so sehr zu sorgen? Bitte?“

„Dann gib mir endlich eine Antwort!“, forderte sie.
„Nein“, antwortete John bestimmend.
„Nein, du weißt es nicht, oder nein, du gibst mir keine Antwort?“

„Nein, ich gebe dir keine Antwort. Theresa, bitte, ich bin müde. Können wir jetzt einfach schlafen gehen?“ Mit diesen Worten schob sich John an ihr vorbei und ließ sich langsam auf das Bett sinken. Theresa legte sich stumm auf „ihre“ Seite. Dennoch drehte sie ihm demonstrativ den Rücken zu. Sie konnte hören, wie er etwas Luft ausstieß, bevor er das Licht ausschaltete.

„Hast du keinen Hunger?“, fragte Theresa, die am nächsten Morgen beobachtete, wie John in seinem Frühstück herumstocherte und die Gabel dann weglegte.

„Scheinbar nicht“, erwiderte er und sah Theresa über den Frühstückstisch hinweg an. „Es ist schön, dass du wieder mit mir redest.“
„Das ändert nichts an der Tatsache, dass ich sauer bin“, gab Theresa zurück und sah auf, als John sich über sie beugte, um ihr einen Kuss zu geben. Sanft küsste er sich einen Weg ihre Wangen entlang zu ihrem Nacken.

„Wir müssen ins Büro“, hauchte Theresa und versuchte, das Prickeln ihrer Haut zu ignorieren. „Das weiß ich, aber wir kommen auch irgendwann wieder nach Hause“, lächelte er. Theresa griff nach Johns Krawatte und zog ihn mit einem Ruck noch einmal zu sich herunter.

„Und dann will ich eine Entschuldigung und eine Erklärung“, sagte sie und küsste John noch einmal. „Ja, Ma'am. Zu schade, dass du meine persönliche Assistentin bist, sonst könnte ich jetzt anrufen und sagen, dass ich mich verspäte.“
„Ja, wirklich zu schade.“
John wusste, dass er dringend mit Theresa reden musste, doch wie sollte er ihr das alles nur begreiflich machen?

„Soll ich vorgehen?“, fragte Theresa, als John den Wagen in der Tiefgarage geparkt hatte. Normalweise gaben sie sich, auf Johns Wunsch hin, größte Mühe, nicht zusammen gesehen zu werden. Für Theresa hatte er mit einer seiner eigentlich unerschütterlichen Regeln gebrochen: keine Beziehung zu Angestellten.
„Weißt du was? PT Chandler Modern Communications ist doch ein Familienunternehmen ...“
„Oh ja, und wie!“, entfuhr es Theresa, die sich ein süffisantes Grinsen nicht verkneifen konnte. „Worauf ich hinauswill, Miss Harding, ist die Tatsache, dass ich

mir in meinem Leben noch niemals bei irgendwas so sicher war wie bei uns“, gab John mit ernster Miene zu.

„Das sind wahrscheinlich die romantischsten Worte, die ein Mann jemals zu einer Frau in einer Tiefgarage gesagt hat“, erwiderte Theresa und konnte die Röte auf ihren Wangen spüren.

„Wahrscheinlich.“ John zog sie lächelnd an sich und küsste sie sanft, bevor er Theresas Hand mit seiner verschränkte.

„Bereit, der Welt zu zeigen, dass Sie zu mir gehören, Miss Harding?“

„Mehr als bereit.“

Hand in Hand stiegen sie im Eingangsbereich aus, wo Theresa an der Information nachfragte, ob etwas für John abgegeben worden war, bevor sie in die Chefetage fuhren. Alle Mitarbeiter grüßten John freundlich und Theresa war sich sicher, dass die Röte nicht für eine Sekunde aus ihrem Gesicht gewichen war.

„Guten Morgen, Emily“, sagte John freundlich und weder ihm noch Theresa entging der Schock, als sie sah, dass die beiden tatsächlich Hand in Hand erschienen waren.

„Den wünsche ich Ihnen auch.“

„Oh mein Gott!“, formten Emilys Lippen, als Theresa sich noch einmal kurz zu ihr herumdrehte. Seit Tagen hatte Emily versucht, Theresa zu drängen, sich noch einmal mit Steward zu treffen, was natürlich nicht in

Theresas Interesse gewesen war. Nicht einmal im Entferntesten.

„Meine Güte, Theresa! Das darf doch wohl nicht wahr sein!“ Emilys Stimme klang trotz des Flüsterns schrill, als sie nur kurze Zeit später vor Theresas Schreibtisch stand.
„Doch, es ist sehr wahr“, antwortete Theresa mit einem süffisanten Grinsen.
„Seit wann geht das mit euch beiden denn schon?“
„Etwas über einen Monat.“
„Was? Und du hast nichts gesagt?“
„Natürlich habe ich nichts gesagt.“
„Das ist unfassbar! Du muss mir alles erzählen, und mit alles meine ich wirklich alles.“
„In Anbetracht der Tatsache, dass er auch dein Chef ist, berufe ich mich auf die Verschwiegenheitsvereinbarung“, lachte Theresa augenzwinkernd.
„Das ist unfair.“
„Nein, nur vertraglich geregelt.“
Sanft boxte Emily sie auf den Arm.

„Ich muss wieder zurück an die Arbeit, aber wir werden telefonieren. Du wirst mir alles erzählen, auch wenn du das bis jetzt noch nicht weißt. Meine Güte, ich kann es nicht fassen.“ Mit diesen Worten huschte Emily zurück an ihren Schreibtisch und Theresa schüttelte amüsiert den Kopf. Sie selbst konnte es ebenfalls kaum glauben.

John musste sich zusammenreißen, als er am Nachmittag die von Theresa vorbereitete Mappe auf seinem Tisch im Konferenzraum aufschlug. Alle Teilnehmer des Meetings inklusive Simon Muller hatten bereits Platz genommen, als Johns Augenmerk auf einen kleinen Zettel direkt vor sich gelenkt wurde. „Memo: Arschloch!“, stand darauf.

Zu gut konnte sich John noch an das Telefonat und das anschließende Gespräch mit Theresa erinnern, allerdings hatte er nicht damit gerechnet, dass sie es tatsächlich notieren würde. Es kam ihm vor, als wäre ihre erste Begegnung schon Jahre her.
„Memo: Arschloch?“, fragte er amüsiert, als er Theresa erblickte, die mit neuem Kaffee und einer neuen Mappe in das Besprechungszimmer hereinkam, nachdem das Muller-Meeting beendet war. „Was? Ich befolge nur deine Anweisungen“, erwiderte Theresa lachend und übersah dabei mit ihren High Heels die kleine Türkante. Sie stolperte nach vorne und aus Reflex versuchte John sie aufzufangen. Mit einem lauten Scheppern fiel die Kaffeekanne in hohem Bogen zu Boden, doch nicht bevor sich ihr gesamter Inhalt über John ergossen hatte. Theresa hatte Johns Hang zu den altmodischen Modellen noch nie verstanden.

„Verdammt!“, fluchte John, der Theresa tatsächlich aufgefangen und mit einem Ruck nach oben gezogen hatte, und hielt sich augenblicklich seine Rippen.
„Oh mein Gott! Ist alles in Ordnung?“, fragte Theresa und sah erschrocken auf.
„Ich muss mich umziehen gehen“, antwortete John knapp.
„Ich mache schnell neuen Kaffee und wische das Malheur hier auf.“
„Kannst du Emily Bescheid geben und mitkommen?“, fragte er und erst jetzt fiel Theresa auf, dass er sich seine Rippen hielt.
„Aber natürlich“, antwortete sie schnell.
„Emily?“
„Hey, alles in Ordnung?“, fragte Emily sofort beim Anblick ihrer Freundin.
„Ich habe den Besprechungsraum mit Kaffee geflutet. Kannst du bitte neuen aufgießen und das Malheur wegwischen? Ich würde es selbst tun, aber John scheint sich seine Rippen erneut verletzt zu haben. Ich muss dringend zu ihm und schauen, wie es ihm geht.“
„Aber natürlich! Geh schon, ich kümmere mich um alles.“

Theresa öffnete gerade die Bürotür, als John sein Hemd auf das am Boden liegende Jackett gleiten ließ. Zum ersten Mal offenbarte er Theresa so einen Blick auf

seinen vollkommen nackten Oberkörper ohne den störenden Verband.
„Du trägst deinen Stützverband ja gar nicht“, bemerkte sie nach einer Sekunde des Zögerns.

„Ich dachte, ich bräuchte dieses unbequeme Teil nicht mehr. Wer konnte mit tieffliegenden Assistentinnen rechnen?“
„John, es tut mir so leid.“
„Ist ja nichts weiter passiert. Ich brauche nur einen neuen Anzug und du müsstest mir mit dem Verband helfen.“
„Kein Problem. Wo ist er denn?“ John deutete auf eine Tasche neben seinem Schreibtisch und hob dann langsam seine Arme, so dass Theresa den Verband um ihn legen konnte. Sie befestigte ihn mit sanften Handgriffen und sah dann auf. Johns Atem kitzelte ihr Gesicht und sie reckte sich etwas, um ihn zu küssen. Als Antwort umfassten Johns Hände ihren Kopf und seine Zunge drang begierig in ihren Mund ein.
„Warte, warte! John! Du hast ein Meeting!“, versuchte Theresa einzubringen.
„Ich bin mir sehr sicher, dass sie nicht ohne mich anfangen werden“, flüsterte John und ließ seine Hand unter Theresas Kleid gleiten. „Außerdem können wir uns gerne beeilen.“

„Mister Andrews, ich bitte die Verspätung zu

entschuldigen. Meine Assistentin hat mich in Kaffee getränkt und ich musste mich kurz umziehen“, erklärte John mit charmantem Lächeln, als er schwungvoll in den Raum voller Leute zurückkehrte. Emily nickte freundlich und schloss dann die Tür hinter sich, um zu Theresa herüberzueilen. Diese kam gerade aus Johns Büro heraus und versuchte ihre Haare wieder unter Kontrolle zu bringen.
„Oh mein Gott, Theresa!“, entfuhr es Emily und ein nicht zu übersehendes Grinsen blitzte in ihrem Gesicht auf.
„Kein Wort! Ich will kein Wort hören!“, stellte Theresa mit erhobenem Zeigefinger klar.
„Ich meine, es ist verständlich, du musstest dich natürlich genauestens davon überzeugen, dass es Mister Chandlers Rippen gut geht und ...“
„Emily!“

Emily lachte laut auf und auch Theresa musste in das Gelächter mit einstimmen.
„Kannst du am Wochenende etwas von deiner kostspieligen und augenscheinlich aktiven Zeit mit Mister Chandler abzweigen und etwas Schönes mit mir unternehmen?“
„Wahrscheinlich kann ich das tun, ja. Aber nur, wenn wir nie wieder, und ich meine wirklich nie wieder, über das alles hier sprechen.“
„Ich kann schweigen wie ein Grab!“

„Kannst du nicht!“, erwiderte Theresa lachend und sah Emily kurz amüsiert und zugleich extrem peinlich berührt hinterher.

Nachdem sie die Telefone eingesteckt hatte, ging sie zurück in Johns Büro, um den Anzug für die Reinigung vorzubereiten. Wie froh sie war, dass der heiße Kaffee fast ausschließlich das Jackett getroffen hatte und nicht John. Mit rotem Kopf musste sie sich eingestehen, dass sie froh war, gestolpert zu sein, verdrängte den Gedanken dann allerdings mit einem Lächeln.
Theresa hob das Jackett vom Boden auf und holte ein Taschentuch aus der Tasche, bevor sie das Jackett für die Reinigung zusammenlegte. Bei der Hose angekommen, holte Theresa ebenfalls etwas aus der rechten Hosentasche und sah dann erschrocken auf ihre Hand.
„Nein!“, flüsterte sie leise und starrte weiterhin auf den Inhalt ihrer Hand.

*„Es gibt Dinge über mich, die du nicht weißt.“*
*„Wieso zitterst du so?“*
*„Darauf möchtest du keine Antwort bekommen.“*

Gesprächsfetzen kehrten in ihren Kopf zurück und sorgten dafür, dass sich ihre Augen mit Tränen füllten.
„Oh John“, flüsterte sie leise.

# KAPITEL 8

John konnte die Veränderung direkt in Theresas Augen sehen, als er am Abend endlich alle Termine hinter sich gebracht hatte, beflügelt und beschwingt von ihrem kleinen privaten Zusammentreffen in seinem Büro.

„Hey, alles in Ordnung?“, fragte er und musterte Theresa besorgt.

„Wir müssen reden!“

„Okay, wir tun das nie wieder. Nicht im Büro“, scherzte John, doch Theresas Miene zeigte keinerlei Regung.

„Ich meine es ernst!“, stellte Theresa klar.

„Das stelle ich gerade auch fest. Wollen wir in mein Büro gehen oder nach Hause fahren?“

„Büro.“

John stieß die große Tür auf und machte eine einladende Handbewegung, so dass Theresa vor ihm eintrat. Mit schnellen Schritten ging sie voran und setzte sich auf den Stuhl vor seinem Schreibtisch. Nachdem John auf seinem Bürostuhl Platz genommen hatte, zögerte Theresa keine Sekunde mehr und knallte das Tütchen mit dem weißen Pulver auf den Schreibtisch.
„Ist das der Grund, wieso du zitterst?“ Johns Blick schnellte nach oben.
„Theresa“, sagte er leise und atmete dann aus. Langsam lehnte er sich in seinem Stuhl zurück und schloss kurz seine Augen.
„John, sprich mit mir!“, flehte Theresa, die noch immer hoffte, dass es eine plausible Erklärung für das alles hier gab, obwohl sie die Antwort bereits kannte.
„Ich habe immer gesagt, dass du nicht wissen möchtest, warum ich zittere!“
„Wieso? Damit du einfach so weitermachen kannst, als würde das weiße Pulver hier nicht existieren? Wie oft nimmst du Kokain?“

„Ab und an. Bitte verurteile mich nicht. Ich nehme es zwischendurch, wenn ich nicht mehr weiterweiß oder wenn ich fit sein muss, obwohl ich es nicht bin. Ich habe das alles unter Kontrolle. Bitte, glaub mir.“
„So sehr unter Kontrolle, dass du es für dich behalten wolltest, um damit weitermachen zu können?“ Erneut

schloss John die Augen und versuchte, seine Gedanken zu sortieren. Es schmerzte ihn, zu sehen, dass er Theresa in einem solchen Maß enttäuscht hatte. Wie sehr er sich vor diesem Moment gefürchtet hatte.

„Ich habe von Anfang an gesagt, dass ich nicht gut für dich bin."

„Blödsinn! Ich möchte auch nicht auf diese Schiene zurück, dafür ist es jetzt zu spät. Wir wissen beide, dass wir gut füreinander sind, aber wir müssen darüber reden und das unter Kontrolle kriegen."

„Hör zu, ich schwöre dir, ich nehme es nur ab und zu. Kurz nachdem ich es genommen habe, fängt das Zittern meistens an. Denk darüber nach, es war nicht so häufig und es gab immer einen guten Grund."

„Es kann keinen guten Grund dafür geben, Drogen zu nehmen, John! Ich bitte dich!"

„Wahrscheinlich hast du recht."

„Wir müssen darüber sprechen, was wir jetzt machen. Du brauchst Hilfe."

„Ich bin nicht süchtig. Kokain macht nicht abhängig."

„Ach nein? Ich kenne mich nicht aus. Körperlich wahrscheinlich nicht, psychisch sieht das aber bestimmt wieder ganz anders aus, oder?" Theresa musterte ihn mit ihren großen Augen.

„Nimm es mit, ich brauche es nicht."

„Und wenn es wieder einen Streit mit deinem Vater gibt? Oder wenn etwas auf der Arbeit nicht funktioniert

oder etwas mit Arthur ist? Besorgst du dir dann einfach etwas Neues? Meine Güte, John, du trägst es in deiner Hosentasche mit dir herum."
„Ich brauche Zeit", sagte John nun und stand unvermittelt auf.
„Ich werde dir für heute Nacht ein Hotelzimmer besorgen. Dough wird dich hinbringen."

„Ich brauche kein Hotelzimmer, ich habe eine Wohnung!"
„Ich möchte nicht, dass du dort alleine bist, für den Fall, dass ..."
„Dass ER hier auftaucht? John, weißt du mehr als ich?"
„Nein. Ich habe kaum noch etwas herausgefunden. Ich möchte nur nicht, dass du alleine bist und dich unwohl fühlst."
„Vielen Dank, aber ich komme schon zurecht."
„Meld dich, wenn du auf das Angebot zurückkommen möchtest."
„Du kannst doch jetzt nicht einfach so davonlaufen. John, wir müssen darüber reden. Es gibt jetzt nicht mehr nur noch dich."
„Ich kann das nicht. Davonlaufen ist das Einzige, was ich in meinem Leben gelernt habe."

„Dann zeige ich dir jetzt, wie es anders geht", flüsterte Theresa, die ebenfalls aufgestanden war, und umfasste sanft Johns Hand.
„Ich bin bei dir und wir können das gemeinsam

durchstehen, du musst mich nur an dich heranlassen. Wenn du jetzt wegläufst, dann kann ich dir nicht helfen." Theresa konnte die Tränen in Johns Augen glitzern sehen.

„Du hast mir bei der ganzen Sache mit Nick versprochen, dass wir das zusammen durchstehen, und es hat dich niemand gefragt, ob du bereit dafür bist, ob du dieses Päckchen mit mir zusammen tragen möchtest, du hast es einfach getan und genauso werde ich jetzt dein Päckchen mit dir tragen. Eine Beziehung ist Arbeit, bei uns scheint es nur etwas mehr Arbeit zu sein."

„Okay." Johns Antwort war leise, aber entschlossen. Dieses Mal war es Theresa, die versuchte, ihn festzuhalten, ihm Halt zu geben.

„Wann hast du damit angefangen?", fragte Theresa nach einer ganzen Weile.

„Vor fünf Jahren."

„Also nach dem Unfall von Arthur?"

„Genau. Damals habe ich täglich mehrmals etwas genommen, mittlerweile nur noch ab und an, wie ich schon gesagt habe."

„Danke, dass du mich an dich heranlässt." John lachte bitter auf.

„Danke, dass du nicht wegläufst", erwiderte er.

„Niemals!" Theresa küsste ihn sanft. „Komm, lass uns nach Hause gehen. Es war ein langer Tag."

Theresa beschloss, das Thema ruhen zu lassen. Sie musste sich erst mit sich selbst darüber einig werden, was nun ein schlaues Vorgehen war, und auch John war froh, dass Theresa es nicht mehr ansprach.
Zu Hause schauten sie sich gemeinsam einen Film an und gingen früh zu Bett, nicht im Entferntesten darauf vorbereitet, dass der morgige Tag ihr Leben für immer verändern würde.

„Wann bist du aufgestanden?“, fragte Theresa verschlafen und blickte auf den nassen John, der gerade aus der Dusche heraustrat.
„Für gewöhnlich dauert rasieren und duschen bei mir zehn Minuten“, scherzte er und drückte Theresa, die aufschrie, an seinen nackten und nassen Oberkörper.

„Oh John!“
„Du hast so schön geschlafen, ich wollte dich nicht wecken. Aber jetzt raus aus den nassen Klamotten, bevor du dich noch erkältest.“
„DAS war eine extrem plumpe Anmache“, gab Theresa zurück, musste dann allerdings doch lachen.

„Ich liebe dich!“ Die Worte waren aus John heraus, bevor er überhaupt darüber nachdenken konnte. Theresa war augenblicklich verstummt und sah ihn nun mit großen Augen an. Sie hatte mit vielem gerechnet, aber nicht damit. In Johns Augen konnte sie die Unsicherheit erkennen, die Angst, die ihm diese drei

Worte zu bereiten schienen.

„Ich liebe dich auch“, erwiderte sie und schloss die Augen bei seinem sanften Kuss.

„Danke, dass wir das Thema nicht jede freie Minute ansprechen müssen und noch zusammen lachen können“, sagte John plötzlich ernst und blickte Theresa dabei an.

„Danke gleichfalls. Ich denke, es bringt uns beide nicht weiter, wir werden es jetzt anpacken und zusehen, dass wir zurechtkommen, richtig?“

„Sehr richtig. Und jetzt komm, ich möchte noch mal duschen.“

„Ach, wirklich?“

Mit einem Ruck zog John die kreischende Theresa unter die Dusche und schaltete diese an.

„John!“, schrie Theresa und streckte die Arme aus, an denen ihr vollkommen durchnässter Pyjama nun klebte.

„Mach dir keine Gedanken, ich kriege dich da schon raus!“

„Das wollte ich damit eigentlich nicht andeuten.“

„Ach nein?“, flüsterte John lächelnd.

Beschwingt von dem unerwarteten Liebesgeständnis und dem aufregenden Start in den Morgen, hatte Theresa das Gefühl, ins Büro zu schweben. Sie spürte ein dauerhaftes Glühen auf ihren Wangen und konnte

selbst nicht fassen, wie unglaublich glücklich sie sich fühlte. Vor ihnen lag ein langer und steiniger Weg, doch zusammen würden sie es schaffen.
Theresa konnte nicht ahnen, dass sie für immer an dieses Gefühl des Glücks, an ihre Hoffnung auf die gemeinsame Zeit mit John, zurückdenken würde, nach allem, was an diesem Tag geschehen würde.

John sah immer wieder verliebt zu Theresa herüber. Noch niemals zuvor hatte er so für einen anderen Menschen empfunden. Von der ersten Sekunde an hatte ihn Theresas unkonventionelle Art erfrischt und er hatte sich unweigerlich zu ihr hingezogen gefühlt. Still schüttelte er den Kopf, wenn er an ihre erste Konversation zurückdachte, an ihr Erscheinungsbild. Trotz der neuen Kleidung hatte Theresa sich kein bisschen verändert. Sie war noch immer die pure, ehrliche und warmherzige Frau, die er kennengelernt hatte. Selbst seine schlimmsten Abgründe schreckten sie nicht ab und dank ihr fühlte er sich zum ersten Mal seit fünf Jahren wieder vollkommen lebendig. John konnte nicht ahnen, wie sehr er sich an dieses Gefühl krallen würde, nach allem was an diesem Tag noch auf ihn wartete.

Emily sah vergnügt auf und lächelte Theresa augenzwinkernd zu, als sie die Etage Hand in Hand mit Prinz Charming betrat. Zu genau konnte sie sich an die sonderbare Frau erinnern, die einfach so in die Chefetage gestolpert war. Hätte sie an ihrem Platz gesessen, statt sich einen Kaffee zu holen, dann hätte Theresa John wahrscheinlich nie kennengelernt.

Emily konnte nicht ahnen, wie sehr sie es bereuen würde, dass sie an diesem Tag nicht an ihrem Platz gewesen war, nach all dem, was an diesem Tag noch passieren würde.

„Mister Chandler?“, sagte sie und beobachtete, wie John und Theresa sich beinahe gleichzeitig zu ihr herumdrehten.
„Ich soll Ihnen von Ihrem Vater ausrichten, dass er auf Geschäftsreise ist.“
„Lassen Sie mich raten, Cecil ist ebenfalls auf Geschäftsreise?“
„Sehr wohl, Sir.“
„Danke, Emily.“
Mit süffisantem Grinsen schüttelte John den Kopf und spürte Theresas Blick auf seiner Wange.
„Du wirst sehen, er wird braungebrannt wieder zurückkommen. Das passiert ihm schon mal auf seinen langen Geschäftsreisen“, erklärte John sarkastisch.
„Oh, ich verstehe. Weißt du, was mir aufgefallen ist? Cecil ist ja, rein pragmatisch gedacht, quasi meine Schwiegermutter.“

„Ich möchte bitte dabei sein, wenn du sie das erste Mal mit ‚Mom' ansprichst!", erklärte John und lachte aus vollem Herzen. Eine Melodie, die Theresa so sehr liebte.

„Abgemacht."
„PT Chandler Modern Communications, Apparat von John Chandler", meldete sich Theresa freundlich am Telefon und weitete kurz die Augen.
„Mary Sue Anderson. Können Sie mich bitte mit Mister Chandler verbinden? Es ist wirklich dringend!", erklang die Stimme einer ihr unbekannten Frau am Telefon. Sie wusste, dass John Mary Sue engagiert hatte, um alles Erdenkliche über IHN – über Nick – in Erfahrung zu bringen.
„Mister Chandler ist gerade mitten in einer Telefonkonferenz. Ich werde ihm ausrichten, dass er Sie zurückrufen soll."
„Nein! Sie müssen mich jetzt zum ihm durchstellen. Wir haben keine Zeit für diese Spielchen." Theresas Herzschlag beschleunigte sich zunehmend.

„Eine Sekunde bitte", sagte sie und erhob sich dann. Sie öffnete die Tür zu Johns Büro und beobachtete, wie er gemütlich in seinem Bürostuhl saß, die Beine auf seinem Schreibtisch. Augenscheinlich genoss er die Aussicht aus seinem Bürofenster und telefonierte dabei mit mehreren Gesprächspartnern.
„Joh … Mister Chandler", sagte Theresa förmlich und

blickte in Johns fragendes Gesicht.
„Meine Herren, warten Sie bitte eine Sekunde", sagte John, schwang die Beine von seinem Schreibtisch und drückte die Stumm-Taste an seinem Telefon.
„Alles in Ordnung? Ist was mit Arthur?"

„Nein. Entschuldige bitte die Störung. Ich habe Mary Sue Anderson am Apparat und sie will sich auf gar keinen Fall abschütteln lassen."
„In Ordnung. Ich beende kurz das Telefonat und nehme sie dann entgegen. Ich sage dir über die Sprechanlage Bescheid, sobald du sie durchstellen kannst."
„John?"
„Ja?"
„Glaubst du, es hat etwas mit Nick zu tun?"
„Das kann gut möglich sein, aber es kann auch tausend andere gute Gründe geben. Mary Sue verfällt zwischenzeitlich in Hektik, mach dir bitte keine Gedanken", erklärte John und wartete dann, bis Theresa das Büro verlassen hatte.
Mary Sue war der ruhigste und besonnenste Mensch, den er jemals kennengelernt hatte. Augenblick übernahm ein ungutes Gefühl die Kontrolle über seinen Körper.

„Miss Anderson?", fragte Theresa mit klopfendem Herzen.
„Was dauert denn da so lange?"

„Mister Chandler beendet sein Telefonat, danach stelle ich Sie sofort zu ihm durch."

„Ich wünsche Ihnen alles Gute." Mary Sues Worte jagten augenblicklich einen kalten Schauer über Theresas Rücken.

„Theresa, bitte stell sie durch." Johns Stimme riss sie aus ihren Gedanken und verhinderte eine Nachfrage. Er würde nun mit Mary Sue sprechen und sie danach hoffentlich aufklären. Wahrscheinlich handelte es sich tatsächlich nur um eine Firmensache. Theresa holte tief Luft. Seitdem sie jede freie Minute mit John verbracht hatte, waren die düsteren Gedanken an Nick in den Hintergrund gerutscht und hatten sie nicht mehr jede einzelne Sekunde des Tages verfolgt, und doch waren sie in dieser Sekunde so real, als wären sie niemals weg gewesen. Ein weiterer Schauer durchfuhr Theresas Körper und beim Anblick von John, der seine Bürotür mehr aufriss, als dass er sie öffnete, wurde ihr bewusst, dass der Tag gekommen war.

„Er ist hier, oder?", fragte Theresa und schloss kurz ihre Augen. Er hatte sie gefunden.

„Komm, wir müssen hier weg!" Johns Stimme war heiser vor Aufregung. Der Aufzug piepste und sie konnten Emilys Stimme in der Ferne wahrnehmen. Theresa schrie auf bei einem unmenschlich lauten Knall, der in ihren Ohren widerhallte. Starr vor Schreck stand sie da und starrte auf den Flur vor sich. Sie wusste, dass er jede Sekunde um die Ecke biegen würde, sie wusste, dass ihr Tag nun gekommen war. Theresa schloss die Augen und dachte an ihre Eltern. Vielleicht würden sie wieder ein normales Leben führen können, sobald sie nicht mehr da war. Sie hatten sie schon einmal verloren, sie würden es irgendwann verkraften.

„Komm! Theresa, komm!" Johns Stimme riss sie aus ihrer Trance. Sie spürte seine Hand auf ihrem Arm.

*John!*

Langsam drehte sie sich zu ihm herum und musste feststellen, dass er ihren Blick nicht erwiderte. Er schaute zum Flur und Theresa konnte nur Sekunden später den Schock in seinen Augen erkennen. ER war da. Es gab keinen anderen Weg hier raus als durch den Flur. Mit einem Ruck zog John sie zurück und Theresa hatte Mühe, nicht das Gleichgewicht zu verlieren.

„Nein, John! Was tust du da?", fragte sie, doch John hatte sich bereits vor ihr aufgebaut.

„Da sieh an, der noble Ritter in eiserner Rüstung." Nicks Stimme war unverkennbar und jagte Theresa einen weiteren Schauer über den Rücken. Wie oft sie dieses Szenario in ihrem Kopf durchgespielt hatte, wie oft sie sich innerlich darauf vorbereitet hatte, wenn sie

IHM gegenüberstehen würde, wenn ER sie gefunden hatte. Jetzt, wo der Moment gekommen war, musste sie sich eingestehen, dass nichts davon so war wie in ihren schlimmsten Alpträumen. Es war weitaus schlimmer. Sie hatte unschuldige Menschen mit hineingezogen in ihrer überschwänglichen Überzeugung, dass er sie niemals finden würde. John, ihr John, der Mann, der ihr erst vor wenigen Stunden seine Liebe gestanden hatte und den sie selbst so bedingungslos liebte, hatte sich nun als Schutzschild vor ihr aufgebaut und versuchte etwas aufzuhalten, was nicht aufzuhalten war.

„John, hör auf. Nick, ich bin hier“, sagte Theresa und trat einen Schritt zur Seite, so dass sie Nick gegenüberstand. Es war nicht die Waffe, die Theresa erschrak, darauf war sie bereits vorbereitet gewesen, es war Nicks Erscheinungsbild, das nicht mit dem Bild übereinstimmte, was sie all die Zeit von ihm gehabt hatte. Er sah verwegen aus, ungepflegt. Das glatte Gesicht war einem Bart gewichen, seine tadellose Kleidung bestand nun aus einer alten Jeanshose und einem labberigen T-Shirt.

„Theresa!“, flehte John und versuchte, wieder einen Schritt vor Theresa zu treten.

„Bleib stehen oder ich werde dich auf der Stelle abknallen!“, schrie Nick und richtete die Waffe wieder auf John.

„Nick, sieh mich an. Er hat nichts mit uns zu tun. Gar

nichts."

„Ach nein? Hat er das nicht? Ich dachte, er ist es, der dich nun fickt! Ich habe euch beobachtet!"

„Er bedeutet mir gar nichts, aber ich brauchte diesen Job. Ich musste doch meine Eltern über die Runden bringen in Montana." Theresas Stimme war fest. Er hatte sie noch nicht erschossen, er würde sie nicht erschießen, er hatte andere Pläne mit ihr.

„Soso, du musstest deine Eltern über die Runden bringen. Wie nobel von dir, Theresa. Verdammte Scheiße, du hast dafür gesorgt, dass ich glaubte, du wärst tot! Du krankes Flittchen."

„Ich musste weggehen, Nick, aber jetzt hast du mich ja gefunden und es wird alles gut werden."

„Theresa, was machst du da?" John hatte ihren Plan bereits durchschaut.

„Niemand redet mit dir. Es ist Zeit, dass du dich auch mit der Realität abfindest, jetzt, wo Nick mich endlich gefunden hat", erwiderte Theresa schnippisch und sah John dabei direkt in die Augen. John konnte die Angst darin sehen, aber auch die wilde Entschlossenheit, ihn zu beschützen.

„Oh ja, richtig, Johnny Baby. Glaubst du wirklich, ein echtes Cowgirl verfällt einem Schmierlappen wie dir? Sie gehört mir!"

„Sehr richtig, Nick, ich gehöre nur dir. Holst du

mich jetzt zurück nach Montana?“
„Du wirst mich heiraten, Theresa, wir werden uns eine eigene schöne Farm kaufen und du wirst für mich sorgen.“
„Darauf habe ich so lange gewartet, Nick. Komm, lass uns von hier verschwinden.“
„Theresa, du wirst nicht mit ihm gehen! Ich weiß, was du vorhast, aber das werde ich nicht zulassen!“ John trat einen großen Schritt zur Seite und stellte sich erneut vor Theresa, die schrill aufschrie, als der Schuss einer Waffe ein weiteres Mal den Raum erfüllte. John wurde durch die Wucht der Kugel nach hinten geschleudert und prallte gegen Theresa, die ihn sofort stützte.
„Nein! Nein!“, schrie sie und ging langsam mit John zu Boden.
„Nein, John, oh, bitte nicht. Nein, nein, nein, nein“, flehte sie und kniete sich neben ihn. Sie wandte ihren Blick von seinem weißen Hemd ab, das sich in schwindelerregender Zeit bereits blutrot verfärbte.
„Sieh mich an, John, sieh mich an“, flehte sie und nahm zum ersten Mal seinen Kopf zwischen ihre kleinen Hände.

Johns Körper wurde augenblicklich von einem unmenschlichen Schmerz erfüllt, der binnen Sekunden einem dumpfen, nicht zu beschreibenden Gefühl wich. Er spürte nicht, dass er auf dem Boden aufgeschlagen war, er spürte nur ihre Hände. Theresa. Ihre sanften

Hände lagen auf seinem Gesicht und sie schrie, sie schrie so voller Verzweiflung.

Mit einem Ruck zog Theresa ihren Blazer aus und rollte ihn zusammen, um ihn auf Johns Bauch zu drücken.

„Du musst bei mir bleiben! Bleib bei mir!“, rief sie und beugte sich wieder über John. Ihre Tränen tropften ungehindert auf Johns Gesicht und trotz allem lächelte sie, als John sie endlich ansah.

„Du musst stark sein! John, bitte! Du musst kämpfen. Du kannst mich nicht alleine lassen. Bitte tu mir das nicht an! Denk an Arthur, halt immer an dem Gedanken fest. Wir brauchen dich. Bitte, bitte verlass mich nicht! Ich liebe dich so sehr“, flüsterte sie und ihre sanften Lippen berührten seine, Sekunden bevor sie mit einem unsanften Ruck an den Haaren nach oben gezogen wurde.

„Was tust du da?“, schrie Nick und zog ihren Kopf mit einem Ruck zurück.

„Es tut mir leid“, flehte Theresa und konnte den Schmerz in Johns Augen sehen.

John versuchte sich zu bewegen, er versuchte seine Kräfte zu mobilisieren, um Theresa zu schützen, um diesen Irren ein für alle Mal aus ihrem Leben zu vertreiben, und doch regte sich sein Körper nicht, wollte ihm einfach nicht gehorchen.

„Ich … ich liebe dich!“, presste er so laut wie möglich

hervor, bevor er das unheilvolle Husten nicht mehr zurückhalten konnte.

Hilflos musste Theresa dabei zusehen, wie John Blut hustete. Sie presste die Augen zusammen, saugte seine Worte in sich auf, darauf bedacht, sie niemals wieder zu vergessen.

„Wir müssen hier verschwinden, sonst werden sie uns aufhalten!“, sagte Theresa, als sie ihre Stimme wiedergefunden hatte. Je schneller sie hier raus waren, umso schneller würde John die so dringend benötigte Hilfe bekommen. Irgendjemand in diesem Gebäude würde die Schüsse gehört haben.

„Kennst du einen anderen Weg hier raus?“, fragte Nick, der langsam ihre Haare wieder losließ

„Nein, es gibt nur diesen Weg.“

„Lüg mich nicht an!“, schrie er und schlug Theresa seine Faust ins Gesicht. Unweigerlich stürzte sie zu Boden, direkt neben John. Für einen kurzen Augenblick berührte sie noch einmal seine Hand, bevor sie wieder nach oben gezogen wurde.

„Geh!“, schrie Nick und schubste sie voran, die Waffe in ihren Rücken gebohrt. Theresa weigerte sich nicht. Schnell blickte sie noch einmal zu John, sah den verzweifelten Blick in seinen Augen und versprach ihm still, dass alles gut werden würde. Zusammen würden sie alles schaffen, das hatten sie sich erst vor so kurzer Zeit versprochen und doch kam es ihr vor wie eine

Ewigkeit.

John sah Theresa hinterher und ließ seinen Tränen dabei freien Lauf. Hoffentlich würde es jemand schaffen, sie zu beschützen, sie verdiente es, geliebt zu werden. Bilder von Arthur flackerten vor seinen Augen auf. Er konnte ihn lachen hören, etwas, das er seit so vielen Jahren nicht gehört hatte. Theresa hatte recht, er musste kämpfen. Für sie, für Arthur, und doch rief die Dunkelheit ihn zu sich, drohte Besitz von ihm zu ergreifen. John spürte die Kälte in seinem Körper und schloss langsam die Augen, das Bild von Theresa am Morgen, kurz nach dem Aufwachen, vor Augen, ihre pure, reine, unbeschreibliche Schönheit. Sie würden sich wiederfinden. Irgendwann, irgendwie, irgendwo.

Theresa ging langsam den Gang entlang, dort, wo ihr zweites Leben einen Sinn bekommen hatte. Es war makaber, dass es hier, wo alles angefangen hatte, enden würde. Ein zweites Mal würde sie alles verlieren. Mittlerweile wusste sie, dass Nick sie nicht umbringen würde. Dafür hatte er wahrscheinlich viel zu viele Pläne mit ihr in seinem perfiden Kopf. Seine Krankheit schien sich noch verschlimmert zu haben, sie hatte immer damit gerechnet, dass er sie umbringen würde, hatte sich immer ausgemalt, dass das Szenario schnell vorbei war, und doch hatte sie so falschgelegen.

Theresa konnte sich genau an den Streit zwischen PT Chandler und John erinnern. Noch einmal sah sie sich

dort vor dem Aufzug stehen. Noch einmal blickte sie auf, in Johns wunderschönes Gesicht, in seine gütigen Augen. Noch einmal verliebte sie sich unsterblich in den Mann, der sie gefunden und gerettet hatte, der sein Leben für sie geopfert hatte, ohne auch nur eine Sekunde zu zögern. Noch einmal sah sie Emily am Ende des Ganges vorbeihuschen, darauf bedacht, so viel wie möglich von der Konversation zwischen PT Chandler und John mitzubekommen, ohne auch nur im Geringsten dabei aufzufallen.
Emily.
Theresas Blick fiel zur Seite und wie in Trance schaute sie auf die weit aufgerissenen und leblosen Augen dieser wunderbaren Frau, die ihr so viel gegeben hatte. Sie war ihre einzige wahre Freundin gewesen, ihr Rettungsanker, ihr Lichtblick in dieser sonst so unpersönlichen Stadt. Nie wieder würde sie ihr Lachen hören, nie wieder würden sie über die Vorzüge des Stadtlebens diskutieren, nie wieder würde sie ihr die Haare machen. Ein einzelner kleiner roter Punkt auf ihrer Stirn hatte all das zerstört.

„Sie war eine Freundin von mir. Eine wirklich gute Person. Ihr Name war Emily“, hörte Theresa sich wie in Trance sagen.
„Halt deinen Mund! Ich habe dir nicht erlaubt, zu sprechen.“
„Und ich habe dir nicht erlaubt, mein Leben zu

zerstören!“, schrie Theresa nun und wirbelte herum.

„Das alles hier war mein Leben, Nick. Der Hof in Montana war mein Leben, du kranker Bastard!“, schrie Theresa und sank erneut unter einem Schlag zu Boden. Die Aufzugtüren öffneten sich mit dem gewohnten kleinen „Pling“, als wäre nie etwas vorgefallen, als würde alles seinen normalen Gang gehen, und doch war nichts mehr so, wie es vorher war.

Ohne Vorwarnung durchschlug ein weiterer Schuss die gespenstige Stille, die sich über dem Büro ausgebreitet hatte, dicht gefolgt von Theresas markerschütterndem Schrei.

Hier würde es enden.

## ENDE VON BUCH 1

„Schlage auf den letzten Seiten eines Buches nach, wenn du das Finale nicht abwarten kannst. Die Wirklichkeit läßt das nicht zu.“

(Joachim Pantem)

20531298R00144

Printed in Poland
by Amazon Fulfillment
Poland Sp. z o.o., Wrocław